藍染袴お匙帖

雨のあと

藤原緋沙子

葉文庫

目次

雨のあと

藍染袴お匙帖

第一話　ほととぎす

一

江戸神田堀《かんだぼり》に枝を伸ばしている柳の木で、夏の訪れを告げる鳥が鳴いている。

「テッペンカケタカ、テッペンカケタカ」

お馴染《なじ》みのほととぎすである。

桂千鶴《かつらちづる》とお道《みち》は、その声に急《せ》かされるように、案内役のおたねの後を負けじと足を急がせている。

おたねが住む長屋《ながや》の者が突然倒れたというので、千鶴は午前中の診察を圭之助《けいのすけ》に頼んで診療所を出たのであった。

桂治療院がある藍染橋袂《あいぞめばしたもと》から往診先の米沢町《よねざわちょう》の瓢箪《ひょうたん》長屋まで、三人は一度も足を止めることなく小走りに駆け、まもなく到着した。

「先生、どうか親父を助けて下さい」

瓢箪長屋で待ち焦《こ》がれていた与七《よしち》という若い男は、必死の顔で千鶴に懇願《こんがん》した。

「倒れたのは今朝《けさ》ですね？」

千鶴は家の土間から板の間に上がりながら、むんっとする空気が充満している狭い部屋に視線を投げた。

日差しが日ごとに強くなっているこの季節、こういった棟割《むねわり》長屋で風を入れることが出来るのは、今入って来た入り口の一カ所だけだ。

病人は換気も不十分な体臭の籠《こ》もる四畳半の畳の部屋に、仰向《あおむ》けに寝かされていた。

千鶴が上がった板の間には、木の台の上に裁断しかけた布と裁断包丁が放置されていて、側にある火鉢《ひばち》には火熨斗《ひのし》も見える。

片隅には出来上がった袋が重ねてあり、倒れた与七の父親は、どうやら袋物《ふくろもの》師《し》のようだった。

「親父は朝の食事を終えたのち、ここで仕事を始めたんですが、突然ふあっと倒れまして……」

与七は仕事場の木の台を指して説明した。

「私はね、与七さんが、〝おとっつあん〟って呼ぶ大きな声を聞いて、びっくりしてここに駆けつけて来たんですよ。そしたら佐兵衛さんがぐったりしてるじゃありませんか。急いで与七さんと佐兵衛さんを寝かして、与七さんにはおとっつあんについててもらって、それで私が先生のところに駆け込んだという訳でございます」

与七に続いて、ここに案内してくれたおたねが説明した。

千鶴は頷《うなず》くと、寝ている与七の父親の枕元に座った。

「ああ、うう……」

父親の佐兵衛は、何か言いたそうだが言葉にならない。

「いいんですよ。今診《み》てあげますからね」

千鶴は脈を診、腕を取って握力などを確認した。

佐兵衛の右手は、千鶴が手を放すと、力なく下に落ちた。

「ああ、うう……」

佐兵衛は涙を流して泣いている。

千鶴は今度は、足首の動きなども確認したが、右足もだらりとして力がなかった。

「危ないところでしたね。でも良いお薬を差し上げますから、それをきちんと飲んで、これからは安静にして、仕事は休むこと、お酒は控えて下さいね」

千鶴は、佐兵衛の顔を見て言った。

佐兵衛は暗い顔で千鶴を見詰め返した。

「やっぱり、酒は良くねえんで……」

与七は膝《ひざ》を揃えて尋ねる。

「もちろんです。一番良くないです」

千鶴がきっぱりと告げると、

「やっぱりね……」

与七は納得顔で頷いて、

「親父、だからあれほど言っただろうに……」

父親の顔に厳しい口調で言った。

「お酒、好きだったんですね」

千鶴が与七の怒りを抑えた顔に尋ねると、与七は頷き、

「好きなんてもんじゃねえんで……親父は袋物を作っている間も、お茶代わりに

酒を飲んでおりやしたし、夜も寝酒をやる。ずっと酔っ払った暮らしだったんですよ」

苦い顔で言った。

「でもそれでも、袋物は作っていたのですね」

千鶴は板の間の仕事場に視線を投げる。

「若い頃から修業してきた親父です。誰にも負けねえ袋物を作るんだってやってきた人ですから、酔っ払っていてもひとりでに手は動くんだと言いやして。でもやはり、そうは言っても以前のようなきめの細かい仕事は出来やしません。納める店も減って、ほそぼそと作っていたんですが……」

与七は口惜《くちお》しげに言った。

父親には手を焼いていたらしく、あきらめ顔だが、かと言って、そんな父親を侮蔑《ぶべつ》している風でもなかった。

「良いですか、もう一度言います。今度倒れたら命取りですからね。お酒はもう止《や》めるように」

千鶴は、佐兵衛に厳しい顔で忠告した。

「おとっつあん、分かったかい……先生の言葉、聞いただろ?」

与七は反応の薄い佐兵衛の顔に言った。すると、

「言わんこっちゃないよ……佐兵衛さん、これからは倅《せがれ》の与七さんの言うことをよく聞いて……もうお酒は駄目だからね」

おたねが水を張った金盥《かなだらい》を千鶴に勧めながら、佐兵衛の顔に向かって言った。

そして今度は千鶴に向かって、

「それにしても、今評判の先生が診てくださるかどうか心配だったけど、有り難《あがた》いねえ。こうして、この貧乏長屋にも来て下さるんだもの」

しみじみと言った。

千鶴は金盥で手を濯《すす》ぎながら、

「患者さんを診ている午前中は難しい時があるんですが、今日はもう一人の先生が来て下さっていたものですから、こうして伺うことが出来ました。遠慮なくおっしゃって下さい」

微笑《ほほえ》んで応える。すると、

「やっぱり東湖《とうこ》先生のお嬢さまだねえ」

おたねは感激した顔で言った。

「えっ、父のことをご存じですか?」

思いがけず父親の名が出て来て、千鶴は聞き返した。

「はい、昔ね、この長屋に来て下さったことがあったんですよ。優しい先生でね。あれは麻疹《はしか》が流行《はや》った時でした。私の倅も麻疹になって、そうそう、この長屋の半分近い者が麻疹になったんだよ。でもね、東湖先生のおかげでさ、死んだ者は一人もいなかったんだ。私の倅も助かって、今じゃあ立派な大人になってりまして、嫁も貰って、私とは別居して暮らしていますが、あの時、東湖先生に助けて頂いたからこそ今があるんです。感謝しております」

おたねは、当時のことを懐かしそうに話してくれた。

「それでおたねさんは、うちの治療院にまっすぐ駆け込んでいらしたんですね」

お道が微笑んで言った。お道だって千鶴の父親の話を聞くのは嬉しい。心から桂治療院の一員となっているのだ。

「はい、その通りです。風邪《かぜ》を引いたぐらいなら、そこいらの藪医者《やぶいしゃ》ですませますが、佐兵衛さんの容体を見て、桂先生んとこじゃなきゃ助からないと、咄嗟《とっさ》に思ったんですよ。ずいぶん前から、東湖先生のお嬢さまが跡を継いで、とても評判の良い先生になられたという話は聞いていましたからね。ただ、それだけに、本当駆け込んでも診ていただけるか分からないと思っていましたので……先生、本当にありがとうございました」

おたねは頭を下げる。

「いいんですよ、何時《いつ》でも声を掛けて下さい」

千鶴は言いながら手を手ぬぐいで拭きおえると、お道に頷いた。

するとお道は、薬箱から用意してきた薬を出して与七の前に置いた。

「これを数日飲ませてみてくださいね。しびれを取ったり、言葉も話せるようにと調合したものです。おたねさんから様子を聞いて念のために用意してきたお薬ですので、また改めて先生が往診に参りました時に、お薬を追加するのかどうか、先生が考えて下さいますからね」

お道は医師助手として千鶴のお供をしているのだが、今では堂々として、もうすっかり一人前の医者の風格も垣間見《かいまみ》える。

「ありがとうございやす」

与七は礼を述べたのち、チラと父親に視線を遣ってから、

「先生、薬を飲ませれば親父は良くなるのでしょうか」

小声で訊《き》いてきた。

「それはなんとも分かりませんね。しばらく様子を見ないと……とにかくもう無

理をしては駄目、養生に専念することです。何度も言いますが、お酒は絶対駄目ですからね」

千鶴は与七にそう告げると、お道と与七の家を出た。

「ちょっと、先生、桂先生」

千鶴とお道は、長屋の木戸を出たところで呼び止められた。

自身番屋《じしんばんや》の戸口から、初老の男が頭を下げている。

「何か……」

千鶴とお道は歩み寄った。

「お急ぎでしたらすみません。私は瓢箪長屋の大家で彦兵衛《ひこべえ》という者です」

初老の男は腰を低くして言った。丸くて眉《まゆ》の濃いたぬき顔の男である。

「ああ、大家さん……」

千鶴が会釈《えしゃく》をすると、彦兵衛は微笑んで、

「佐兵衛さんが倒れて先生を呼びに行くんだと、おたねさんから聞いて私も気になっていましたが、今日は当番でここに詰めているものですから……先生、佐兵衛さんの具合はいかがなものだったでしょうか」

一転案じ顔になって問いかけて来て、

「少し様子を訊かせていただけませんか」

番屋の中に入るよう千鶴に頼んで来た。

千鶴は頷いてお道と番屋に入った。

「すまないが麦湯を……」

彦兵衛は書き物をしている若い男にそう頼むと千鶴とお道に座敷へ上がるよう勧めたが、

「お気遣いはいりませんよ、お構いなく……」

千鶴は上《あ》がり框《かまち》に腰を据えると、佐兵衛の病状を告げ、倅の与七には酒は飲ませないように言って来たが、大家さんも常々気を配っていただけないでしょうかと告げた。

「そうですか、やはり酒が原因ですか」

彦兵衛は、さもありなんという顔だ。

「今度倒れれば命取りになるかもしれませんので」

千鶴の言葉に、彦兵衛はやれやれという顔で、

「昔は働き者で、酒なんて滅多《めった》に飲まない、仕事命の人だったんですがね。女房

が家出をしてから、すっかり変わってしまいまして……」

ため息をつく。

「おかみさんが家出を……何時のことですか？」

千鶴は尋ねた。

「はい、もう四年になりますか。与七が十三の時でしたよ。佐兵衛の女房はおまさというんですが、佐兵衛と一緒になる前に働いていた料理屋にまた通いはじめましてね。佐兵衛は長屋でも稼ぎが良かったのに、なぜだと私は聞きましたよ。そしたら、狭い家にじっとしていたって金にはならない。外に出て働けば多少の金は稼げる。金を貯めて、せめて亭主が横町に小さな店でも構えることができたらと、そんな夢を語ってくれましてね……私もなるほどそういう事かと、その時は思いました……」

彦兵衛がまたため息をついてみせた。

「ご覧になってお分かりでしょうが、私が預かる長屋は、片方は棟割長屋ですが、もう片方は割長屋です。割長屋には小さな裏庭もついているのですが、佐兵衛一家は棟割長屋に住んでいます。当時は稼ぎが良かったから割長屋に住めるのに、一文でも多く金を貯めたいからと言って棟割長屋に住んでいましたから、おまさの話も納得出来たんです。ところがです。あれは、そうそう、働きに出て一年も経たないうちに、亭主と倅を置いて家を出て行ったんですよ」

「まあ、働きに出て一年で……」

お道は驚いた顔で千鶴の顔を見た。

「はい、私も驚きましたよ」

呆れ顔の彦兵衛である。

「御亭主の佐兵衛さんとは、うまくいってなかったのですか？」

千鶴は尋ねる。

「初めはなぜ家出したのか佐兵衛は何も言ってくれなくて分からなかったんですがね。だって長屋の暮らしは、大声を出して夫婦喧嘩《げんか》でもすれば長屋中の者の耳に入ります。ところが、そんなこともなかったんですから。なにしろ佐兵衛は女房のおまさにぞっこんだったんです」

それまで長屋の者たちは、夫婦が与七の手を両脇から引いて、仲良く出かける姿を見てきていた。

だからおまさは家出じゃなくて何かの事件に遭遇《そうぐう》して、生きていないんじゃないかなどと長屋の者たちが案じるようになったある日のこと、

「私も良く知る両国橋《りょうごくばし》東の元町《もとまち》にある料理屋『ますみ』の仲居《なかい》が、おまさは若い板前見習と駆け落ちしたって教えてくれたんですよ」

千鶴は黙って聞いている。

「私は佐兵衛にすぐに質《ただ》しましたよ。何があってこうなったんだって……仲居が言ったことは本当なのかって……ところが佐兵衛はもともと無口な男で、話すのを嫌がりましてね、ほっといてくれ、なんて言うものですから。以後は私も長屋の者も、はらはらして見ていたんです。そしたら、いつの間にやら酒浸りになってしまって、ついにはご覧の通りでございますよ」

彦兵衛は大家として困惑して見守ってきた様子であった。

「そういう事情があったのですね」

千鶴が頷くと、

「まあ、佐兵衛が荒れるのも分からない訳ではないのですが……それでですね」

彦兵衛は、更に真剣な顔をして千鶴に告げた。

その話によれば、おまさが家を出てしばらくは、佐兵衛は仕事もせずに呆然《ぼうぜん》としていたようだ。

だが、彦兵衛や長屋の者が、そんなんじゃあ、与七坊が可哀想じゃねえか、しっかりしろ、などと叱ったり励ましたりして、ようやく佐兵衛は仕事をするようになったというのだ。

「ですが、仕事を始めたのは良いのですが、酒を食らいながらですからね。ずっとですよ。酒の量もだんだん増えてきていますからね。ですから仕事も近頃では、せいぜい稼いでも自分の酒代ぐらいでしょうな。活計《たつき》は倅の与七が貸本屋で稼いでいるんですよ」

彦兵衛は苦い顔をしてみせる。

千鶴はじっと聞いている。患者の事情を知ることも治療に繋がる。ただ思いがけない話を聞いて、

「大家さん、与七さんは父親の仕事を継がなかったんですね」

彦兵衛に訊ねた。

「そうなんですよ。母親が家出をするまでは、与七は父親の側に座って、見よう見まねで手伝っておりましたよ。父親のように腕の良い袋物師になるんだと言ってね。だから長屋の誰もが、親父さんと同じ道を歩むのだろうと思ったものですよ。ところが貸本屋になったんです。父親に嫌気がさしたんでしょうな……」

「すると、親子の関係はどうなんでしょうか。仲が悪いとか、そういうことです

か？」

千鶴は、父親の佐兵衛が倅の与七の言うことを素直に聞いて養生してくれるのか、また倅の与七が父親をちゃんと看てくれるのか心配だったのだ。

与七に限らず近頃では、病弱な親の面倒をみなくてはならない若い倅や娘が多く、そのような境遇《きょうぐう》になってしまうと、仕事はむろんのこと所帯を持つこともままならなくなる。

親の介護《かいご》は子にとっても、自身の将来に希望の持てない気の毒な人生となる。特に親一人子一人の家庭では、親の看病はその子一人の肩にかかって、肝心《かんじん》の稼ぎにも影響が出て来るのだ。

彦兵衛はちょっと考えてから言った。

「親子ですからね。与七が親父さんに酒を控えろと、大きな声で叱っていることはありますが、でも父親を嫌ってのことじゃない。与七は本当に親孝行の倅ですよ。食事の支度から何から何まで与七がやってるんですからね。今時の若い者には珍しいですよ。私はね、母親がいなくなって父親があんなんじゃあ、与七はぐれるんじゃないかと案じていたんです。ところが真面目に働いて親父さんの面倒をみているんですから、立派ですよ」

千鶴は大きく頷いて、

「良く事情が分かりました。話を伺ってよかったです」

礼を述べて立ち上がった。すると、

「先生、おたねさんから聞いたと思いますが、私もお父上の桂先生には本当にお世話になっておりまして……」

彦兵衛も千鶴の父親のことを覚えていたようだ。千鶴は嬉しかった。

「ええ、お聞きしました。麻疹が流行った時に父がこちらの長屋にやって来たのだと……十年ぐらい前のことかしら？」

「そうですそうです」

彦兵衛は相槌《あいづち》を打ち、

「先生のお陰で、私の長屋では流行病《はやりやまい》の死人を出さずにすみましたよ。また桂先生にこの長屋の者を診ていただけるなんて、大家としても有り難い。いやいや私も、これから先生の診療所に伺ってもよろしいでしょうか」

彦兵衛は頼み顔だ。

「どうぞ。午前中でしたらたいがい治療院で診察しています。午後は往診に出かけることが多いですが……」

「ありがとうございます。近頃は腰が痛くて、胃の腑の調子も良くないのです。歩くのが良いと言われたのですが、忙しすぎてなかなかその時間がとれません。近くのお医者から貰った薬を飲んでいるのですが、ちっとも効きませんので」

彦兵衛は外まで出て来て見送りながら、体の具合の悪さを訴える。

「分かりました。どうぞ一度いらして下さい」

千鶴とお道は、彦兵衛に見送られて瓢箪長屋を後にした。

二

「そうですか……続命湯《ぞくめいとう》を飲むように渡してきたのですね」

千鶴から佐兵衛の病状を聞いた圭之助は、処方した薬を確かめたのち、

「分かりました。千鶴先生が出かけている折に、もし佐兵衛という人の往診を頼まれた時には、私が参りましょう。薬のことも承知いたしました」

きっぱりと言った。

午前中の診察を終え、一同そろって昼食を摂《と》っているところだが、食事の間も、つい患者の話をしてしまうのだ。

圭之助は今や桂治療院や千鶴にとって、なくてはならない存在となっている。

すると、お茶を淹《い》れていたお竹《たけ》が突然言った。

「思い出しましたよ、瓢箪長屋に東湖先生が往診なさった時のことを……」

お竹はみんなにお茶を配りながら、

「あの時は大変でした。あっちからもこっちからも東湖先生は往診を頼まれて、寝る間も惜しんで四方八方走り回っていましたよ。私は先生の方が倒れてしまうのではないかと心配でした。瓢箪長屋に限ったことではありませんが、やはり往診代や薬礼を出す余裕の無い人が長屋には多いんですね。流行病の麻疹となれば、腹が痛い、風邪を引いた、なんていう病とは違いますから、うんとお金を取るお医者もたくさんいるんですよ。でも先生は、お金に困っている長屋の人たちからは薬礼はいただかなかったんですよ。体を壊すほど忙しいのにお金は入ってこない……おかげで台所は火の車でした」

と、そこまで話して、はっと気付いてにやりと笑って千鶴を見ると、

「今も潤沢《じゆんたく》な台所とは言えませんけどね」

首を竦《すく》めて笑った。

「お竹さんは、この治療院の生き字引だな」

圭之助は笑うと、

「さてと……」

膝を叩き、

「往診に行ってきますか」

立ち上がった。

圭之助はこの春までは、五のつく日だけ桂治療院に応援に来てくれていたのだが、その後毎日詰めてくれるようになっている。

桂治療院は次第に患者も多くなっていて、千鶴とお道の二人だけでは捌《さば》ききれなくなっていたし、圭之助も母親と近くの仕舞屋《しもたや》に引っ越して来ていた。

心の臓の持病を持っている母親を案じてのことだ。自分が勤める治療院の近くで暮らしていれば、いざという時にも飛んで帰れる。

また、長屋に『医者』の看板をぶら下げて患者を待つより、桂治療院での給金が格段に良かったからだ。

そんな訳で圭之助にとっても母親にとっても、桂治療院の医師としての暮らしは快適だったのだ。

薬箱を点検して立ち上がった圭之助に、お道は歩み寄って声を掛けた。

「先生、すみません」

振り向いた圭之助に、

「先生の今日の往診は、私の実家の近くだとお聞きしています。お手数をおかけしますが、この薬を私の実家の母に届けていただけないでしょうか」

お道は薬袋を差し出した。

お道は日本橋《にほんばし》の呉服問屋《ごふくどんや》『伊勢屋《いせや》』の次女だ。

嫁入り修業よりも医者になりたいと告げ、家を飛び出して千鶴の弟子になったのだが、多忙で実家に帰ることもままならず、とはいえ母のことが心配で、近頃は血の道の薬を届けているのだった。

「お安い御用です」

圭之助は薬袋に手を伸ばした。だが、お道の手を薬袋と一緒に握ってしまった。

「あっ」

小さなお道の声と同時に、圭之助もはっとしてお道の顔を見た。

一瞬二人の顔に戸惑いの笑みが浮かんだ。

その様子を、遠くからお竹が見ていた。

「じゃあ……」

圭之助は戸惑いを隠すように薬袋を薬箱に納めると、あらためて、

「では……」

お道に会釈して、いそいそと出かけて行った。

お道は、思いがけなく胸に覚えた動揺を千鶴たちに悟られぬよう、診察室を片付け始めた。

するとそこへ、圭之助と入れ替わるようにどたばたと入って来た者がいる。

南町奉行所《みなみまちぶぎょうしょ》の同心浦島亀之助《うらしまかめのすけ》と猫八《ねこはち》だ。

お道は二人の出現に助けられたように、これまでのお道の顔になって、

「ここは御奉行所じゃありませんよ。診療所ですよ。もう少し気を配って入って来て下さい」

厳しい口調で二人に言ったが、亀之助たちがいつになく緊張した顔をしているのに気付いた。

「お竹さん、すみませんが私にもお茶をいただけませんか。今まで走り回って、喉《のど》がからからなんですよ」

亀之助は、さも腕の良い同心で走り回って探索でもしていたかのようにお竹に

言った。

「はいはい、お待ちくださいませ」

お竹が台所に引き返そうと背を向けると、

「すみません。ついでに大福かお団子がありましたら……」

猫八はあつかましくおやつのおねだりまでする。

「ずうずうしいこと、お二人とも、一度でも菓子折のひとつも持って来てくれたことがありますか。うちは茶屋ではありませんよ」

お道節の炸裂《さくれつ》だ。

「またまた、お道っちゃん、そんなんじゃあ、いつまでたっても嫁にはいけないぜ。鬼も十八、番茶も出花」

猫八の言葉に、

「おあいにくさま、私はもう二十三歳です。それに、番茶ではございません。いまだもって香り豊かな若葉の頃……」

うっとりとした顔をしてみせる。

そこにお竹がお茶とせんべいを運んで来た。

「有り難い、朝からなんにも食べてないんです」

さっそくせんべいを取って、ぱくぱくばりばり二人は食べ始めた。

餓鬼《がき》のように食べる二人を、診察室に出て来た千鶴は呆れ顔で眺《なが》め、お道と二人で晒《さら》しの布を用途に合わせた寸法で切り始めた。

亀之助と猫八は、その様子を見ながらあっという間に菓子盆《かしぼん》のせんべいを平らげると、

「これで元気が出ました、ご馳走《ちそう》さまです。なにしろ忙しくてね、若い娘が隅田《すみだ》川《がわ》に浮いていたんです。殺しか、それとも自分で入水《じゆすい》したのか、今のところは分からない。それどころか定町廻《じょうまちまわ》りの連中は、そんな小さな事件に関わってはいられない。忙しくて手がまわらないから、定中役《じょうなかやく》の私に探索をしろと、まあそういうことでして」

ちょっぴり得意げな亀之助である。

「良かったじゃないですか、いつもこれといったお役は回ってこないなんて言っていたじゃありませんか。人間は頼られているうちが花、頑張《がんば》ってください」

お竹は素直に相槌を打ってやる。

だが千鶴とお道は、顔を見合わせてくすくす笑った。

間抜けな話ばかり持ち込む亀之助と猫八だが、憎めない人たちだ。ただ、二人

がここにやって来るのは、無駄口を叩いて笑わせるためだけではなく、時として協力してほしくて顔を出すのだ。

今日も腹が空いたとせんべいを食べに来ただけではないらしく、亀之助はお竹の言葉を受けて、

「おっしゃる通りです。私も今度ばかりはと張り切っているのですが……実は、千鶴先生にお願いがあってここに立ち寄ったのです」

やはり申し訳なさそうな顔で本音を明かす。

「私に何を……」

お道と晒しの布を切り分けていた千鶴が、手を止めて亀之助を見た。

「その娘には兄がいて、馬喰町《ばくろちょう》の表通りから横に入った横町に、小さな八百屋《やおや》を営んでおりまして、その兄のもとに遺体を届けてやったところなんですが、先生に検死をしていただけないかと……」

もはや頼り切った顔で言う。

「つまり殺しか自死かってことですね」

千鶴が質すと、

「おっしゃる通りで……この通りです」

亀之助は手を合わす。

「亀之助さんに頼まれたら、嫌とは言えないですね」

千鶴は苦笑した。


四半刻（三十分）後、千鶴とお道は、亀之助と猫八に連れられて、馬喰町の横町にある八百屋を訪れた。

間口一間《まぐちいっけん》ほどの小さな店だが、土間に設《しつら》えた棚には、きゅうりや瓜《うり》、なすや小松菜などが見栄《みば》え良く並べられている。

ただ、店主の妹が亡くなったことで、客の姿は無く、静まりかえっていた。

土間の奥には居室があるようだが、戸が閉まっていて、かすかに線香《せんこう》の香りが店の方まで漂って来ていた。

「奉行所の者だ」

亀之助が土間に入って声を上げると、すぐに戸が開いて、消沈した顔の若い男が顔を見せた。

「これは、お役人さま……」

「こちらは、桂千鶴先生とおっしゃってな。江戸随一《ずいいち》の先生だ。妹の体を診ていただくぞ。さすれば死因も分かろうというものだ」

亀之助は同心然として言った。

「ありがとうございます。あっしは仙吉《せんきち》と申しやす。妹はおなおと申します。両親を亡くしたのちはおなおと二人、助け合って暮らして参りやした。おなおが所帯を持つ時には、兄として花嫁道具を揃えてやりたい、そう思って商いにも力を入れてきたんですが、それが、それが……」

仙吉は涙ぐむ。

「仙吉、先生に良く診ていただくからな」

亀之助は仙吉の肩に手を置いて慰めると、千鶴と部屋に上がった。

千鶴は、寝かされているおなおの側に膝を落とした。

おなおは、桃色の地色に小花を裾《すそ》に散らした美しい着物を掛けてもらっていた。

丸顔で愛らしい顔立ちをしていて、唇右角にある小さなほくろが色を添え、華やかな感じのする娘だった。

「おなおが一番好きだった着物です」

仙吉が千鶴に言った。

「川から揚《あ》げられた時に着ていた着物は、どうしましたか?」

千鶴が尋ねると、

「へい、濡れていましたので、台所の盥の中に入れてありますが……」

怪訝《けげん》な顔で仙吉は答えた。

「妹さんは、財布《さいふ》や紙入れなど持っていましたか?」

「いえ」

仙吉が否定すると、猫八がそれについて説明した。

「あっしたちも遺体を揚げたときにそれは確認しやしたが、そんな物は懐《ふところ》にも袂にもありやせんでした」

するとまた仙吉が、

「おなおは両国の水茶屋《みずちゃや》に勤めていました。出かける時には必ず財布や紙入れは持っていた筈《はず》なんですが……」

それが無くなっていることに、納得出来ないという顔で千鶴に告げる。

「そのことですが、ひょっとして川の中に落としたのかもしれねえ、旦那とそう話してたんですが」

仙吉の言葉を受けて、猫八が千鶴に言った。

千鶴は小さく頷くと、おなおを丹念《たんねん》に調べ始めた。

「！……」

首筋を見て千鶴の顔色が変わった。その様子に亀之助が、

「先生何か……」

膝を寄せる。

「お道っちゃん、少し背中を起こして下さい。首の後ろを見てみたいのです」

千鶴はお道に命じた。すると、

「あっしがやります」

仙吉が言った。

そして、愛おしそうに遺体を抱えると、おなおの首の後ろを千鶴に見せた。

「やはり！……亀之助さん、ここを見て下さい。これは指の跡だと思います。誰かが首の後ろを強い力で押した跡です」

千鶴は、襟足《えりあし》の黒ずんでいる二つの指のような跡を示してやった。

「これは……」

亀之助は、襟足に残っているその跡を確かめると、千鶴の顔を見た。

「怪しいのは、この二つの指の跡だけではありません。おなおさんは水も相当飲

んでいるようです」

「となると……」

猫八が興奮した目を千鶴に向ける。

「おなおさんは、首の後ろを押さえて水の中に顔を押しつけられ、溺死《できし》したのかもしれません。つまり、おなおさんはどこかで殺されたのち、大川《おおかわ》に投げ捨てられたとみるのが正しいと思います」

千鶴は言った。

「やっぱり殺されたんですか。先生、何時殺されたのか分かりますか」

亀之助は訊く。

「遺体の硬直から見て、殺されたのは昨日昼頃から夕刻にかけて……」

「昨日昼頃から夕刻にかけてだって……先生、おなおは朝から水茶屋で働いていた筈なんです」

仙吉は納得のいかない顔だ。

「こちらの先生の見立ては外れることはねえ」

猫八が仙吉に言った。

「冗談じゃねえよ！」

仙吉は声を荒らげて、

「殺されたってどういうことなんだ……」

怒りに震えながら、体を丹念に調べていく千鶴を見詰める。

千鶴は頭から腹の方まで触診していく。まもなく、何度も腹を押さえて確かめたのち、顔を曇《くも》らせた。

「先生、まだ何か……」

尋ねた亀之助に、

「おなおさんは妊娠《にんしん》しているようですね」

千鶴は仙吉に言った。

「そんな馬鹿な……おなおに男がいたなんて、聞いたことがありませんや。先生、本当に腹に子ができているんですか？」

仙吉は驚いて聞き返す。

「間違いないと思います」

千鶴はきっぱりと告げた。

すると仙吉は、おなおの顔に、

「おなお、なぜ話してくれなかったんだよ。兄ちゃんだぞ。話してくれたら力になれたのに……」

仙吉は涙を流しながらおなおに質すが、おなおに反応は無い。

「辛かったんだろうな。そういやあ、近頃食事もすすまねえようだったが、話せない事情があったんだな。ちくしょう、誰なんだ、お前をこんな目に遭《あ》わせた奴は、誰なんだよう……」

仙吉は二の腕で悔し涙をぐいと拭う。

「仙吉」

亀之助が声を掛けた。すると仙吉は必死の顔で亀之助の腕に縋《すが》り付《つ》いた。

「お役人さま、浦島さまでございましたね。妹をこんな目に遭わせた奴を、きっと、きっとお縄にしてくださいませ」

三

三日後、亀之助と猫八は肩を落としてやって来た。

丁度千鶴たちが午前中の診察を終えたところだった。

「あら……ずいぶん元気がないようだけど、まさか探索がすすんでない、なんてことじゃないんでしょう？」

お道は、力尽きたように座った二人に言った。

「おっしゃる通り、そのまさかでございやして……」

猫八らしからぬ弱音を吐く。

「やっぱり……あんなにやる気満々だったのに……期待していたんですよ。しっかりして下さいね」

お道は、呆れ顔だ。

「お恥ずかしい。いや、あれからいろいろと当たっているのですが、おなおを孕《はら》ませ、殺した奴の姿がまったく見えてこないんですよ」

亀之助には抗弁《こうべん》する元気もなさそうだ。

千鶴は来院した患者の様態を記していた帳面を横に置き、亀之助の方を向いた。

検死した手前、放ってはおけない。それを見こして二人はやって来たんだろうが、

「で、何をどう当たってみたんですか？」

千鶴の顔は厳しい。

「へい、あのおなおという娘は両国の『ききょうや』という水茶屋に勤めていたんでさ」

猫八がまず切り出した。

「ききょうや……ああ、あったあった、西袂にある店ですよね」

お道がすぐに口を挟んだ。

「綺麗《きれい》な店です。その店で働いていたことは、兄の仙吉から聞いたんでさ。そこであの日のうちに店を当たってみたんですよ。結構繁盛《はんじよう》していましてね、ひっきりなしに客は来る。店を出しているのはおなつという後家《ごけ》らしいんですが、茶くみ女は三人。おなおはその三人のうちの一人だったようです。そこで茶くみ女二人におなおが付き合っていた男のことを訊いてみたんですが、二人とも知らなかったって、そう言うんでさ」

猫八は言った。

「おなおさんがお仲間に何も打ち明けていなかったなんて、あんまり仕事仲間とうまくいっていなかったのかしら」

「いや」

千鶴の疑問に亀之助は首を横に振って、

「三人で食事に行ったり、花見に行ったりしていたらしくて、仲は良かったようです。それだけに、おなおが殺されたと知り、それも子を孕んでいたんですからね、二人ともびっくりしていました」

「腹に子が出来て、兄さんにも言えなかった上に、仲の良い友達にも相談してなかったなんて……」

千鶴は亀之助の話に、納得のいかない顔をした。

「千鶴先生も不思議に思うでしょう……なぜそれほど誰にも話さなかったのか……千鶴先生のご意見を伺ってみたいと思いやしてね」

猫八が言った。

二人が治療院にやって来るのは、九割方困った時の千鶴頼みだ。

「私にもおなおさんの気持ちは分かりません。ただ考えられるのは、相手の男のことを誰にも話すことが出来なかったのは、男の方に話せない事情があった、ということで。そんな男ですから、おなおさんに子を産ませる訳にはいかない、そう考えておなおさんを殺してしまったのではないかと……」

千鶴は言った。

「おなおは、殺されるほど切羽詰《せっぱつ》まった状態だったのに、その苦しい気持ちを誰にも相談出来なかったなんて……」

亀之助は呟《つぶや》く。

「ふつうは誰かには話しますよね。ただ、不義密通《ふぎみつつう》などは友達に告白しにくいでしょうね。余程信用がおける人でないと、話が漏れて密告されれば、不義密通は重罪ですからね」

千鶴の言葉に、亀之助は頷いて考え込んでしまった。

千鶴に訊けば一気に解決できると思ってやって来たのだが、この事件が複雑なものを秘めていると感じてか、亀之助は猫八と顔を見合わせて大きなため息をつく。

「浦島さま、おなおさんは殺された日に、ちゃんとお店に出ていたんですか」

千鶴は訊いた。

「それですが、無断で休んでいたようです。それも二日続けて……」

「二日もですか……」

問い返す千鶴に、

「ただ、ひとつおかしな事が……おなおは店主から金を借りているらしいんです」

しい。

と亀之助は言った。

店主から聞いた話では、おなおには一ヶ月で二分《にぶ》近くの給金を支払っていたらしい。

ところが先月末に、兄が八百屋をやっていて自分も手助けしているんだが、近頃店に困ったことがあってお金が足りない。少し貸していただけないかと頼んできたというのである。

「店主はその時、三両貸してやったそうです」

「三両……八百屋の娘が借りる金額ではありませんね。本当に兄さんに渡すつもりのお金だったのかしら」

千鶴の目は疑いの色を浮かべている。

「おっしゃる通りです。娘が家族に黙って借りる金額ではありません。ところがその時、おなおは最初、十両貸してほしいと言ったそうです」

「十両ですって……」

お道が驚きの声を上げた。

「十両が駄目なら五両でもいいのだと言ったらしいんです」

「おかしい話ね」

お道は小首を傾げる。

「店主のおなつは、三両しか貸せない。それ以上貸してほしいのなら兄をここに連れてこいと言ったようです」

亀之助が言った。

今まで借金の申し込みなど一度もしなかったおなおが、突然金を貸してほしいなどと言ってきたことで、店主は不審に思ったのだと亀之助に告白したようだ。

「私はすぐに兄の仙吉に尋ねてみましたよ。そしたら驚いていました。妹に金の工面《くめん》をしてもらったことは一度もない。第一、そんな困りごとなんてひとつもないんだと……千鶴先生もあの日仙吉の言葉をお聞きになったでしょうが、仙吉は妹の嫁入りのためにと金を貯めていたぐらいなんですからね」

「男だな。兄のための金じゃない。おなおさんは男のために金を借りたんだ」

奥の薬簞笥《くすりだんす》の前で薬研《やげん》を使っていた圭之助が、前垂《まえだ》れを掛けたまま診察室に出て来て言った。

「これは圭之助先生」

猫八はぺこりと頭を下げ、

「厄介《やっかい》なのは、その男はどんな奴なのか、見当もつかねえんで……圭之助先生もご協力をお願いしやすよ」

殊勝《しゆしよう》な顔をして言った。

すると、ふっと千鶴が顔を上げた。

「浦島さま、おなおさんは他でもお金を借りているんじゃないでしょうか。小体《こてい》な店とはいえ、兄の仙吉さんは立派に八百屋の店を営んでいるんです。堅いところなら本人が談判《だんぱん》しなければお金は貸さないでしょうが、高利貸《こうりが》しなら十両や二十両は貸してくれるかもしれません。ただ高利貸しは返金が滞《とどこお》ったなら店の沽《こ》券《けん》を取り上げるとか、おなおさんを女郎宿《じよろうやど》や旅籠《はたご》の飯盛《めしも》り女として奉公させるなどということだって考えるでしょうし……」

亀之助は大きく頷くと、俄《にわか》に頬を紅潮《こうちよう》させて、猫八を促して立ち上がった。

「千鶴先生のおっしゃる通り。猫八、行くぞ。金貸しを徹底的に当たってみよう。何か出て来るかもしれん」

「ちょ、ちょっと待って下さい。丁度お昼時ですから、お二人の分も用意していますよ。召し上がってからお出かけ下さい」

台所の方からやって来たお竹が引き留めた。

「何、私は定中役を背負ってこの事件を解決せねばなりません。昼飯より探索です」


きっぱりと言って格好を付けてみたが、突然自身の腹が大きく鳴った。それもなんども。

千鶴たち一同くすくす笑って亀之助をじいっと見る。

「旦那、強がりは止めましょうよ。腹が減っては戦《いくさ》は出来ねえっていうじゃありやせんか」

ここで亀之助の言う通りにすれば、食いっぱぐれる。猫八は必死の顔だ。

亀之助は、きまり悪そうににやりと笑うと、

「すみません、いただきます」

お竹に頭を下げた。


両国橋の西袂北側にある両国稲荷《いなり》の木々では、号令でも受けたように声を揃えて、ほととぎすが鳴いている。

往診の帰りに両国西袂にやって来た千鶴とお道は、ほととぎすの声を背にして前方に並んだ小屋掛けの店の中で、一際《ひときわ》繁盛している店を睨んでいる。

「すごい、先生、見て下さい。お客さんは男の人ばかりですよ」

二人がここにやって来たのは、今お道が評した水茶屋のききょうやを訪ねるのが目的だった。

この辺りの店は、いずれも葦簀《よしずば》張りの小屋掛けといわれる粗末《そまつ》な造りの店ばかりだが、それには理由があって、いざ火事などに見舞われた時には、小屋を急いでとっぱらって火除地《ひよけち》にするためだ。

ただ、粗末な造りとは言っても水茶屋ききょうやを含め、どの店も白木《しらき》を使って組み立てられており、見た目は美しく、粗末というより簡素な店と言ったほうがぴったりと来る。

お道が驚いて千鶴に今示したその店は、殺されたおなおが働いていた店だ。

通常繁華ではない場所の水茶屋は、お茶一杯十文も払えば、たっぷりと飲ませてくれる。だが、ききょうやの仕切りに使っている葦簀に張り付けてある値段表には、『お茶一杯、五十文』とある。

蕎麦《そば》一杯が十六文という値段を考えると、お茶一杯が五十文とは、唖然《あぜん》とする値段である。

それでも店の腰掛けには、行儀良く並んで座ってお茶をすすっている男どもがいる。

まるで行儀の良いすずめが集まり、お茶を飲みながら女から声を掛けられるのを待っているかのような滑稽《こっけい》な光景だった。

お茶を配って愛想を振りまいている女は二人……亀之助から聞いたおなおの仲間だったに違いない。

「行きましょう」

千鶴はお道を促した。

店の前に立ち、奥を覗くと、湯の煮立った釜《かま》の側には、おなつという店主だろうか、年増《としま》の女が、長い煙管《きせる》を手に煙草《たばこ》を燻《くゆ》らしていた。

そのおなつは、側でお茶を湯飲み茶碗に注いでいる、まだ十四、五歳の小娘の動作を、厳しい目で見ている。

どうやら、その小娘にはお茶を淹れさせ、それを運ぶのは、今男たちにお茶を運んでいる二人の女と役割は決まっているようだ。

「あっ」

小娘が小さく叫び、湯飲み茶碗に注いでいた手を止めた。すると、

「違う違う、そんなにいっぱい入れちゃあ姉さん方が運ぶの大変でしょうよ。お茶は湯飲みに七分ぐらいでいいんだって。何度言ったら分かるのかねえ」

厳しい顔でおなつは小娘を叱りつけている。

「お忙しいところをすみません」

千鶴はおなつに近づいて声を掛けた。

おなつは小娘を叱りつけていたところに声を掛けられたものだから、不服げな顔を千鶴に向け、

「お客さま、あちらにおかけ下さいな」

男たちが腰掛けている方を勧めた。

だがすぐに、二人の姿を珍しそうに見た。何しろ千鶴は藍染《あいぞめ》の袴姿《はかますがた》だ。お道も真っ白い前掛け姿で薬箱を手にしている。

「いえ、お茶をいただきたくて寄せていただいたのではございません。私は桂治療院の医師で千鶴と申しまして、ここで働いていたおなおさんの検死をいたしました者。少し伺いたいことがございまして」

千鶴は身分を明かして、少し時間をいただけないものかと訊いた。

「困りましたね、ご覧の通りお客さんがひっきりなしに来て……それに、おなおさんがあんなことになったものだから手が足りなくて。この娘《こ》も今日雇ったばかりで」

叱っていた娘に視線を遣《や》ったが、ひとつ息をついて、

「分かりました。人ひとり命を落としたんですものね。でもここじゃあなんだから、そうですね、両国稲荷でお待ちくださいまし」

おなつは快く受けてくれた。

千鶴とお道は、両国稲荷に戻った。

そして境内《けいだい》の腰掛けに座って待っていると、おなつはすぐにやって来た。

「お待たせしました。で、どんなことを聞きたいとおっしゃるのでしょうか」

おなつは腰を掛けると、千鶴に言った。

「おなおさんは殺される直前二日間、お店を休んでいたと聞きましたが……」

千鶴が尋ねると、

「はい、その通りです。しかも無断で休んでいます」

「誰にも言えない事情を抱えて悩んでいたのではないかと思うのですが、何か気付いたことはありませんか？」

「そうですね……」

おなつは少し考えていたが、

「お金を貸して欲しいと言われた事ですかね。それまでのおなおさんは給金を全

部貯めていると言っていたんです。兄さんと二人暮らしで、無駄なお金は使わない。そんな娘だったのです。それが借金を申し出てきた。それも兄さんがやっている店を助けるのだと言って。私はおかしいな、とは思っていました」

そう言ったのだ。千鶴は頷き、

「三両もの借金は何のためだったのか。それはおなおさんは付き合っていた男のためにお金を借りたのではないかと私は考えているんですが……店主として、おなおさんの男関係に何か気付いたことはなかったのでしょうか」

千鶴はおなつの顔を見た。するとおなつは頷き、

「実は先日お役人には、男については何も知らないと伝えたんですが、後でよく考えてみると、半年前ぐらいだったでしょうか。白い肌の……そうそう、切れ長の目をした優男《やさおとこ》が、おなおさん目当てに来ていた事があったんですよ。一ヶ月ほど通って来ていたでしょうか……ある日からぷっつりと来なくなったんです。妙だな、とは思っていたんです」

不審な表情を見せた。

「白い肌の男ですか」

千鶴は聞き返して、お道と顔を見合わせた。

「ええ、なんと表現してよいのか、皮膚の薄い感じの人でしたね。お店者《たなもの》でもない、職人でもない。遊び人のような感じの男でした」

「その者の名前は……」

「分かりませんね。そこまでお客さんの詮索《せんさく》はいたしませんから。うちに来る客は男の人が多いんです。皆店の娘目当てにやって来るんです。ですから、おなおさんを見たくてやって来ていたんだと思います。ぷっつり来なくなったのには理由があったんじゃないか。おなおさんと親密になったからじゃないかと、今になってそう思ったんですよ。まっ、私が知っているのはそれだけですが……」

おなつはそう言って立ち上がったが、

「そうだ、おなおさんに貸した三両ですが、今朝兄さんが返してくださいました。お気の毒に、すっかりやつれて、出来る事ならこの自分の手で、おなおの敵《かたき》を取ってやりたい、なんて言っていましたね」

そう付け加えて、おなつは店に引き返して行った。

「お兄さんの仙吉さん、大丈夫でしょうか……」

お道が呟く。

千鶴の胸にも、俄に不安が広がった。

四

「千鶴先生、ちょっと来てみて下さい」

裏庭と薬園を区切る竹垣から、幸吉《こうきち》が声を掛けて来た。

縁側でお道と薬草を干していた千鶴は、

「なにかしら……」

立ち上がって裏庭に出た。

幸吉は桂治療院が取引している本町《ほんちょう》の薬種問屋《やくしゅどんや》『近江屋《おうみや》』の手代《てだい》だが、頃を見計らって桂治療院の薬園の管理をしてくれている。

千鶴が垣根《かきね》に近づくと、幸吉は早く早くと先に立って薬園の奥に千鶴を案内した。

「まあ……」

千鶴は驚きの声を上げた。

そこには、前年植えた萩《はぎ》が大きな株をつくっていて、そこから伸びた枝が蕾《つぼみ》をつけているのが分かった。

「こちらも……」

すぐ近くの隅には、こちらも蕾をつけた桔梗《ききょう》が群生していた。いずれも秋の七草のうちの二種。

「すごい……花が咲くのが楽しみですね」

思わず千鶴が蕾に手を差し伸べると、

「萩は婦人の病に効きますし、桔梗は鎮痛解毒抗炎症《ちんつうげどくこうえんしょう》など、多くの薬効を持っています。どんどん増やしていきましょう」

幸吉も丹精《たんせい》こめて世話をしてきただけに嬉しそうだ。

「花が咲いたら一枝ずつ手折《たお》ってもよいかしら。お仏壇《ぶつだん》にお供《そな》えしたいのです」

千鶴は蕾を眺めながら、弾んだ声で言った。

「もちろんです。一枝と言わず何本でもどうぞ。薬効があるのは根っこですから」

幸吉は笑った。

千鶴が萩や桔梗の育つ様子を見て童女のように嬉しがる姿が、診察室にいる時と違って、どこにでもいる年頃の娘だと感じたのだ。

「東湖先生は、この薬園にたくさんの薬草を植えてきましたが、こうして立派に育ち、治療院でその役目を果たしているところを見ることなくお亡くなりになりました。萩と桔梗に限らず植え付けた頃を考えると、ずいぶんと株が増えて頼もしい限りです。お仏壇に花を供えてご報告すれば、東湖先生もきっとお喜びになります」

幸吉は言った。

「幸吉さんのお陰です……」

千鶴は辺りを見渡して、一面にさまざま植わっている薬草に目を遣った。

そこにお竹が走って来た。

「先生、おとみさんがいらっしゃいました」

千鶴は幸吉にあとを頼んで治療院に引き返した。

今日は圭之助もお道も往診に出かけたのだが、お道には、おとみが住む長屋に立ち寄り、一度治療院に立ち寄ってほしいと伝えてもらっていたのである。

「すみません。お忙しかったでしょうに」

千鶴は、おとみを茶の間に迎えた。

すぐにお竹がお茶と羊羹《ようかん》を出してくれて、

「有り難い。今朝ね、赤子を取り上げてひと眠りしたところですよ。甘い物は疲労回復にもってこいです」

　早速おとみは口に入れる。

「おとみさんはお産で呼ばれた時には、お酒を飲みながら取り上げるんでしたよね。甘い物よりお酒の方が良いのかもしれませんが……」

　お竹は笑って言った。

「いえいえ、甘い物は大好きです。取り上げ婆が酒飲みなのは、私に限ったことではありません。たいがいの取り上げ婆が、お産で詰めている時は酒でお腹を満たします。ひとつには、てっとり早く腹を満たすことができますし、それにお産は大仕事、いっときの油断もなりません。母親と赤子の命を守るのは産婆の役目です。人の命を預かるってことは、普通の神経では出来ませんよ。それは千鶴先生もよくご存じだと思いますが、私は臆病者ですから、酒で臆病風を吹き飛ばして産婆の仕事をしているのです」

　おとみは豪快に笑ってみせたが、産婆がお産に臨《のぞ》む真剣勝負が目に浮かぶような言葉だった。

「おとみさんは、確か、神田《かんだ》から浜町《はまちょう》辺りまで、お産に呼ばれて行くんですよね」

千鶴は湯飲み茶碗を置いて訊いた。

「はい、その通りです」

「どこの誰がお産だとわかるのは、お医者との連携があってのこと……そうですね」

「その通りです。どこの何さまが妊娠している。出産するのは何月だが、その時には取り上げてやってほしいと頼まれる訳ですよ。それはこちらの治療院と同じです」

千鶴は頷き、実は頼みたいことがあるのだと、殺されたおなおの話をした。

「私の診た限り、とっくに三ヶ月は過ぎていたんじゃないかと思うんです。通常三ヶ月ぐらいになると、妊娠の兆候《ちょうこう》が現れますから、不安でお医者に行くと思うんです。おなおさんもどこかのお医者に行っているんじゃないかと思いましてね。おとみさんが知り合いのお医者に行った時に、尋ねていただけないかと思いまして」

「気の毒な話だねえ、殺されたなんて……分かりました、いいですよ、訊いてみますよ。近頃はそういう親にも言えない妊娠が結構ありますよ」

おとみはそう言って、ため息をついた。

「ただ、おなおさんは偽名を使っているかもしれません。丸顔の、右口角下にほくろがある娘さんです」

「分かりました」

おとみは、羊羹を食べ終わると、

「ああ、美味《おい》しかった。あっ、そうそう。先生、貼り薬をいただけませんか。寄る年波には勝てません。腰がいたくて」

「お安い御用です」

千鶴は診察室に立っていって、おとみに貼り薬を手渡した。

米沢町瓢箪長屋の与七が、治療院にやって来たのは、翌日のことだった。

与七の父親佐兵衛は、三日前にも体調が思わしくないというので、急遽《きゅうきょ》圭之助が往診に行っている。

その時の圭之助の話では、佐兵衛の病状は難しいところにある、長くは持つまいということだった。

圭之助は病状が悪化しないように当座の薬は置いて来たようだが、与七が商いの途中に貸本の荷を背負ってやって来たのを見ると、佐兵衛に何かあったのかもしれない。

「お薬のことで何か……」

お竹が案じ顔で声を掛けると、千鶴に伺いたいことがあるのだと沈痛な顔で与七は言った。

千鶴は診察を圭之助とお道に頼むと、与七を呼び寄せた。

与七は千鶴の前に座ると、すぐに訴えた。

「酒をくれと言って泣くんです」

「駄目ですよ、命取りになりますよ。言ったでしょう」

千鶴は、ぴしゃりと言って、与七を厳しい目で見た。あれほど言っておいたのにという思いだ。

「死んでもいいって言うんです」

与七は途方にくれた顔だ。

「まったく……」

千鶴は大きくため息をついた。

佐兵衛は自分の状態がどういうものか分かっていないようだ。我《わ》が儘《まま》にもほどがある。

「すまねえことです」

与七は頭を下げて、

「先生に手厚く治療をしていただいているのに、申し訳ねえ。ただ親父は、倒れる前から時々、生きていても仕方がねえ、そんなことを言っていたことがありました。馬鹿な父親でして、いまだに母親を諦めることができないんです。母親が漬けていた梅干しも食うんじゃねえとか言いましてね、今ではその梅干しは塩を吹いてからからになっていますよ。最初は母が憎くて言っていると思っていましたが、そうじゃなかったんです。全部食ってしまったら、母親との縁が切れてしまうと考えているんです」

「しかしどうにもならないでしょう……厳しいことを言うようですが、余所《よそ》の男と暮らしている人を想い続けても、かえって哀しい思いをするだけです」

「いえ、母は男と別れて、一人で暮らしている筈です」

与七は、千鶴の言葉をすぐに否定した。

「どうしてそんなことが分かるんですか？」

千鶴は与七の顔をじっと見た。

「実は……」

与七は、意を決したように告白した。

「それは、あっしが十四歳になった夏の終わり……母親が家を出てから丁度一年ほど経った頃でした。季節は今頃で、ほととぎすがしきりに鳴いていました。母が家を出た日も鳴いていたんですが、その日も、どこかで鳴いているほととぎすの声が聞こえていたんです。ですからあっしも親父も、ほととぎすの声を聞くたびに言いようのない思いに襲われるのですが……」

なんとその日、母と駆け落ちした男が、与七の前に現れたというのであった。

「ほんとですか……」

千鶴は驚いて聞き返した。

「へい、あっしは当時、親父の跡を継いで袋物師になるために手伝っておりやして、その日は出来上がった袋物を小間物屋に納めるために、長屋を出たんです。すると、木戸のところで男は待ち受けていたらしく、ふらりとあっしの前に現れたんです。びっくりしましたよ。そして男は、おっかさんは家に帰っているんだろ?……あっしにそう訊いたんです」

「なんとずうずうしい……」

千鶴は思わず呟いた。

「男のことは、あっしも母が働いていた料理屋に何度も通って、男のあれこれを聞き出していましたので、すぐに母を連れ出した男だと分かりました」

それでも十四歳のその時の与七は、驚愕《きょうがく》のあまりしばらく言葉が見付からなかったと言う。

だが次の瞬間、険《けわ》しい顔で男を睨《にら》み、与七は怒りをこめた声で質した。

「あんたは富蔵《とみぞう》というんだろ。おっかさんが通っていた料理屋の板前だろ。店の人に聞いているんだ。富蔵という男が、おっかさんを唆《そそのか》したんだってな」

すると、もやしのように白い顔の男が冷たく笑って与七を睨み付けたのだ。

与七はぞっとした。子供の目にも、その男が陰険《いんけん》で何をしでかすか分からないような雰囲気《ふんいき》を纏《まと》っていたからだ。

富蔵はふっふっと笑ったのち、今度はにやにやしながらこう言った。

「おまえのおっかさんはよう、つまらねえ亭主に愛想がつきたと言っていたぜ。そんな子供を産んだ大年増《おおどしま》を、俺が匿《かくま》ってやっていたんだぜ。憎まれる筋合いはねえ」

くつくつ笑ったのち、富蔵はぐいと与七に近づくと、

「家に帰ってるんだろ……ここに連れてきてくれねえか。貸した金を返してもら

いてえんだ」

有無を言わさぬ目で与七を見た。

「おっかさんの居場所なら、こっちが聞きてえや。お前が連れ出したんだ」

かっとなって与七は返した。それを聞いた富蔵は、

「そうか、ここには帰ってねえのか」

そう呟くと、ふんっと一瞥《いちべつ》して一方に走り去ったのだった。

与七はそこまで千鶴に告白すると、

「その時ですよ、あっしが袋物師を継ぐのをやめて、貸本屋になろうと思ったのは……」

苦笑して一瞬視線を落としたが、直ぐに千鶴の顔を見て言った。

「富蔵と別れているのなら、母親に会ってみたい。会えば、聞きたいことがいっぱいある。そのためには家の中で袋物を作っていては母親を捜し出せない。外歩きをする貸本屋にでもなれば、どこかで会えるかもしれない。それで知り合いの親方に弟子入りして、一昨年一本立ちしたんです」

――そういうことだったのか……。

千鶴は与七が貸本屋になった訳を初めて知ったのだった。

長屋の大家彦兵衛の話では、与七は親父さんの素行が嫌になって袋物師を継ぐのを止めようと思ったということだったが、母親を捜すためだったとは――。

「ただ、親父には、富蔵が長屋にやって来たことも、あっしが貸本屋になった訳も話してないんです。母親を捜し出した時に話せばいいだろうと思ってきたんです。でも、体の様子を見る限り、長くはないんじゃないかと……先生、そうなんですね、はっきりとおっしゃって下さいまし」

与七はじっと千鶴を見た。その目は真実を求めていた。千鶴は頷き、

「先日圭之助先生が往診をした時、お薬を追加しています。あれで回復しなければ、そう長くは生きられないと思います」

きっぱりと与七に伝えた。

容体をきちんと伝えてやるのも医者の務めだと千鶴は思っている。

日本の漢方医《かんぽうい》は、重病で余命いくばくもないと分かっていても、本人には言葉を濁《にご》して真実を伝えない。

だが千鶴が師と仰いだシーボルトは、患者に嘘は伝えなかった。

千鶴はこれまで、日本の漢方医の伝え方と師から教わった伝え方の両方を、病人の家族が抱える状態に応じて行って来た。

例えば大店《おおだな》の主《あるじ》などの場合は、はっきりと伝えてやるが、一般の人たちには極力深刻な言葉は使わないようにしてきた。

だが与七の話を聞いた今、佐兵衛の容体の今後は、けっして希望の持てるものでないことを伝えてやることが与七親子のためだと思ったのだ。

「ありがとうございやした。親父の命があるうちに母を捜して会わせてやりたいと思っています」

与七は頭を下げると帰って行った。

五

雨上がりの道を、よろよろと亀之助と猫八がやって来る。

「旦那、どこかでお昼にしましょうよ。もう歩けませんよ」

猫八は、道の真ん中にしゃがみ込む。

「何をしているんだ。来い！」

襟首《えりくび》を摑《つか》んで引っ張り上げようとするのだが、猫八はテコでも動かぬと、浮かび上がる腰を必死で落とす。

「猫八！」

亀之助が叱れば、

「嫌だ、飯だ！」

猫八が抵抗する。

大勢の通行人が、じろじろ二人に視線を投げながら過ぎて行くのに気付いた亀之助が、

「猫八、みっともないぞ。あと一息だ」

猫八の耳元で叱咤《しった》するが、その亀之助も空腹で腹が鳴る。

猫八はその音を聞いて声を上げて笑うと、それ見たことかと亀之助の顔を窺《うかが》った。

亀之助も苦笑して、

「桂治療院はすぐそこだが、毎度毎度千鶴先生のところに駆け込むこともできんからな。せめて高利貸しを調べ尽くして何か手がかりになるようなものを摑んでいればいいのだが……」

と言う。やはり亀之助も桂治療院に行きたいと思っていたようだ。

「お竹さんの飯はうまいですからね。味付けがいい。そんじょそこらの飯屋では

味わうことできねえから」

猫八は、ここぞとばかり相槌を打つ。

「おい」

亀之助は猫八の背中をとんとんと叩いて、

「仕方がない。そこの蕎麦屋に入るか……」

目の先にある店を指した。

たいがいの店は、頻繁《ひんぱん》にお客の出入りが見られる昼時だが、その店は閑散《かんさん》としている。暖簾《のれん》は出しているから廃業している様子でもなかった。

「また蕎麦ですかい……」

猫八はそう言いながらも空腹には勝てないらしく、よろよろと立ち上がると、亀之助に従ってその蕎麦屋に入った。

やはりお客の姿は見えなかった。

「いらっしゃい」

板場からの声はどこか間が抜けたような、聞き取りにくい声だった。

――大丈夫か、この店は……。

と二人が顔を見合わせたところに、老婆が出て来てにこりと笑った。なんと老婆の歯は、真っ白だった。

驚いて目を見張った亀之助と猫八を見て、

「この歯を見たかい……真っ白だろ。元気の証だよ」

はっはっはっと老婆は笑うと、

「うちの蕎麦を食べれば、みんな元気になるんだから。それなのにお客がよりつかないんだよ、不思議だよ。ところでお二人さんは、もりかい？……それともかけかい？……」

亀之助と猫八の顔を交互に見た。

「ざるがいいな、あるんだろ？」

猫八が言った。

「ざるかね、もりでもおんなじだろうに」

老婆は面倒くさそうな返事だ。

「似たようなものだが、ざるは下に水切りを敷いているだろ。もりは下になった麺は水分を吸ってしまって、やわらかくなるからうまくねえんだよ」

説明しながら、この蕎麦屋はやはり大丈夫だろうかと、猫八は案じ顔だ。

「しょうがないね、まあいいや、二人とも、もりではなくて、ざるだね」

老婆の問いに二人が頷くと、老婆は板場に消えた。

「旦那、なんだか気味が悪い店だと思いませんか」

猫八が言うまでもない。二人が不安な顔で待っていると、まもなく蕎麦が運ばれて来た。

さっそく二人は箸《はし》を取って蕎麦を一口、

「うっ……」

互いに顔を見合わせる。蕎麦はのびているのだ。

後悔が胸を駆け巡ったその時、二人の様子を見ていた老婆が、

「すまないが、先にお代を払っておくれ」

手を差し伸べてきた。

「婆さん……まったく」

亀之助は呆れ顔だ。仕方なく三十二文を老婆に渡すと、

「旦那、足りませんよ。うちはざる一人前二十文いただいておりますから」

「何……」

むっとした亀之助に、ほら、あそこの壁を見ろと、老婆はむこうを指す。

そこには、短冊のような細長い紙に、薄い墨字《すみじ》で、蕎麦一杯二十文と書いてあ

るではないか。

「婆さん、あくどい商売はやめた方が良いぞ。だからお客が入らないんだろう」

亀之助は四文銭二枚を追加して渡した。

「すまないねえ、これには訳があるんだよ」

婆さんは急にしおらしい口調で言った。

「ふん……」

相手にするものかと、二人はまずい蕎麦を口に入れる。その二人に、

「見れば御奉行所のお役人さま、食べながらで良いので、話を聞いてくれますか」

なんと婆さんには訴えたいことがあるらしい。

猫八は呆れた。あまりのずうずうしさに、くるりと横を向いて食べ始めた。

亀之助だって婆さんの話を聞きながら蕎麦を食いたくない。まずい蕎麦がいっそうまずくなる。

とはいうものの、庶民の訴えを無下《むげ》にも出来ず、婆さんの話を聞きながら蕎麦を口に運ぶことになった。

「実はこの婆も、昔は……昔と言っても十年ほど前のことだがね。小舟町《こぶなちょう》で亭

主と二人、かまぼこ屋をやっていたんですよ。ところが亭主の友達が高利貸しから借りた借金のことで、たいへんな目に遭っているんですよ」

婆さんは、亀之助の反応を見るが、亀之助は聞いているのやらいないのやら、無言で蕎麦を食べている。

婆さんはおかまいなしに話を続ける。

「その友達というのがですね、質草《しちぐさ》もなく仕事も日雇いで自分では借金が出来ないものだから、亭主の名で金を借りていたんですよ」

ちらりと亀之助は婆さんの顔を見た。

すると婆さんは、シメタ、とばかり声を一段張り上げて、

「無茶苦茶ですよ。でも亭主は一応その話は聞いていたらしくて、友達を責めることはしませんでした。そしたらその友達は、黙って夜逃げしたんだよ。ひとこと謝ることもせず、責任を亭主に押しつけて、江戸から逃げて行ったんです。翌日から高利貸しの借金取りがやってきましてね。やいのやいのと催促《さいそく》です。あまりの騒動にお客がよりつかなくなって、とうとう店を人の手に渡して、友達の借金を返済しました。残った金で開いたのがこの蕎麦屋なんです。私の蕎麦はまずいかもしれません。でもね、こうして店を続けているのは、苦しみながら死んで

行った亭主の墓ぐらいは建ててやりたい、そう思いましてね。だから蕎麦一杯の値段が高いんです。そういう事情ですのでご勘弁《かんべん》を……」

婆さんはそう言って、やれやれこれで蕎麦一杯高い理由を話したと、大きくため息をついて、話を終えた。

「婆さん」

亀之助は箸を置いた。そして真顔で婆さんを見た。

あっちを向いて食べていた猫八も、顔をこっちに向けている。

「今婆さんが話した高利貸しというのは、どこのなんという店の高利貸しだ」

亀之助は訊く。

「両国橋の西にある米沢町の仕舞屋で、権兵衛《ごんべえ》とかいう額に三日月のような古傷のある男がやっている店ですよ」

「何、米沢町の仕舞屋だな、名は権兵衛」

亀之助は復唱する。

「はいな、もちろんお上《かみ》から許可なんて貰っちゃいませんよ、その店は……表から見ただけでは金貸しかどうかも分かりませんが、よくよく見ると『かねかし』と小さな札が軒にぶら下がっています」

「で、利子は？」

「五両借りた場合の一月の利子が二分なんですよ。しかも借りた時にその二分を差し引いて渡すんです。取りっぱぐれのないようにね。亭主の友達は三十両も借りていましたから、利子だけで月に三両。べらぼうです。お上が知ればお縄ものなのに、そんなこと歯牙《しが》にもかけてない。だいたいお金に困った人たちは、どんな条件でも呑んでしまいますからね。一時しのぎの金が欲しいんですから……」

亀之助は、よしっと呟いて立ち上がった。

「行くぞ猫八」

猫八を促して慌てて外に出て行った。

「ちょっと……何なんですかいったい」

婆さんはおいてけぼりを喰ったような顔で亀之助と猫八を見送った。

「た、大変だ、大変だよ」

猫八が治療院に駆け込んできたのは、翌日の七ツ（午後四時）だった。

「あら、みんな出払ってますよ」

お竹が出て来た。

「弱ったたな、こんな時に……」

猫八は頭を抱える。

「まもなくお帰りになると思いますが」

「お竹さんも聞いていると思うけど、仙吉という八百屋の男が大変なんでさ。あっしは八百屋に引き返します。千鶴先生がお帰りになったら、すぐに八百屋に来ていただきたいとお伝え下さい」

慌てて引き返そうとしたところに、千鶴とお道と圭之助が帰って来た。

「ああ、丁度良かった。先生、一緒に来て下さい。仙吉が大変なんです」

「仙吉さんが……」

「匕首《あいくち》で脅されて……あっし一人じゃ手に負えねえ」

「浦島さまは？」

「今日は調べ物があるかとおっしゃって御奉行所です。そこであっし一人が八百屋に様子を見に行ったんですが……とにかく歩きながら話します」

早く早くと猫八は急かすのだ。するとそれを聞いていた圭之助が、

「千鶴先生一人では危ないな。よし、私も行こう。浦島さまのように剣術はできないが、人数は多い方がいい」

そう言って、お道の顔をちらりと見た。

お道は、うんうんと頷くと、頼もしそうに圭之助を見ている。

「有り難い、じゃあ圭之助先生もよろしくお願いいたしやす」

猫八は礼を述べるが、千鶴は圭之助が同行するのはやはり不安だ。圭之助は医術は優れているが、武術となるとからきしなのだ。

だが、なんだかんだと言っている場合ではない。

千鶴は留守をお道に頼み、圭之助と猫八と一緒に治療院を出た。早足に歩きながら、猫八の説明を聞く。

「昨日のことです。変な蕎麦屋に入ったのですが、そこであくどい高利貸しの話を聞きやしてね。その店は米沢町の横町にありまして、金貸しの名は権兵衛という者ですが、浦島の旦那と乗り込みまして問い詰めましたところ、やっぱりおなおさんがそこで借りていたんですよ、十両も……」

千鶴は足元を見ながら頷く。

「十両借りれば一月の利子だけでも一両だというんですから」

猫八が呆れた声でそう言うと、

「一両だと、むちゃくちゃだな」

圭之助も声を上げた。

「そうなんでさ。それで今日八百屋に行ってみると、権兵衛の子分が取り立てに来ていて、仙吉も納得する訳ねえですから、殺し合いになりかねねえ様子なんです」

猫八は物騒な事を言う。

「浦島さまは何でこんな時に御奉行所に行ったんですか」

千鶴は、興奮して話す猫八の横顔を見る。

「旦那は昨日権兵衛の顔を見てから、どこかで見たことがあるような気がすると言っておりまして、それで調べに行ったんです。ですからあっしが一人で八百屋に様子を見に行ったって訳でして……」

しかしあのまま取り立て人たちを放っておいたら、仙吉はただではすまないと思ったと猫八は言い、

「求馬《きゅうま》さまがいらっしゃれば、あんな奴らは一撃で退治できるんですが、今はそういう訳にもいきません。先生の、やっとうの腕が必要なんです」

息も切れ切れに話しているうちに、三人は仙吉の店に到着した。

すぐに中に駆け込むと、三人の取り立て人が仙吉を囲んでいた。

仙吉の膝の前には、匕首がぶっ立てられている。

「先生……」

顔を向けてこちらを見た仙吉が、助けを求める声を上げると、三人の取り立て人は、ぎろりと鋭い視線を千鶴たちに投げ、

「なんだ、てめえたちは……どこの医者だ……」

千鶴を脅しつけ、次に猫八を睨み付けると、

「ふん、岡っ引のくせに慌てて逃げて行ったと思ったら、加勢を連れてきたって訳か……それも女の医者など連れてきて、どうするというのだ……役に立たねえぜ、女なんて」

三人は、ひゃっひゃっと面白そうに笑った。

圭之助はその時、店の隅に立てかけてある天秤棒《てんびんぼう》を見付けた。

千鶴はつかつかと男たちに近づくと、

「ひとつ教えてくれませんか。お金を借りたのはおなおさんでしょ。仙吉さんではない筈です」

すると、丸坊主の男が言った。

「証文《しょうもん》があるんだよ。仙吉の指印も押してあらあ」

「嘘だ。あっしは知らねえ」

仙吉が叫ぶと、

「見せただろ、お前の指印を押してあるのを……」

坊主頭が仙吉を怒鳴りつける。

「私にもその証文を見せてくれませんか」

千鶴は手を差し出した。

「ふん……見ろ！」

坊主頭の男は、懐から証文を出した。

千鶴が受け取って見る。確かに名前は仙吉になっていて、朱肉で指印が押されている。くっきりとした指紋だった。

「先生、あっしは知らねえ」

仙吉がまた叫ぶ。

「じゃあこうしましょう。この指印が本当に仙吉さんのものか調べてみましょう」

千鶴は言って、

「仙吉さん、朱肉はありますか……それと紙を出して下さい」

仙吉は慌てて部屋の奥に走り、紙と革の巾着袋《きんちゃくぶくろ》を持って戻ると、巾着の中から朱肉を取りだし、紙と一緒に千鶴に手渡した。

「ふん、何をするのかしらねえが、これだけはっきり押してあるんだ。人の指だってことは分かるだろうが。猿や猫の指じゃねえぜ」

ひょろひょろ顔の若い男がそう言って睨み付ける。

「おっしゃる通り人の指には違いありません。そして大事なことは、人の指の模様というのは一人一人違っているということです。誰一人同じ模様の人はいないのですよ」

千鶴はきっぱりと言ってやった。すると、

「何だと……妙なことを言うじゃねえか。そんな話は聞いたことがねえぜ」

坊主頭の男が、何をこの女は言っているんだという顔で嚙《か》みついた。

するとその時、ここぞとばかり圭之助が前に出て、

「この指印が仙吉さんのものだというのであれば、今ここで仙吉さんに紙に指印を押してもらって、突き合わせてみればいいのだ。証文の指印が本当に仙吉さんのものなのか、すぐに分かる」

三人の男たちに言った。

男たちは一瞬反撃する言葉を失ったようだったが、

「うるせえ。おなおに貸したのは間違いねえんだ！」

太った背の低い男が声を荒らげる。だが今度は千鶴が、

「おや、お金を借りたのはおなおさんだと言いましたね。この証文では借りた人の名は仙吉さんになっていますよ。ところが証文の指印は本当はおなおさん、そういうことなんですね」

ぐいっと睨む。

「くっ……」

坊主頭たちの顔色が変わった。

「こんないい加減な証文、御奉行所に訴えれば、あなたたちに勝ち目はありませんよ」

千鶴はぴしゃりと言って、証文を突き返した。

「生意気な女め、表にでろ！」

坊主頭が、仙吉の前に突っ立てていた匕首を引き抜いて構えると、あとの二人も懐に手を入れて、呑んでいた匕首を摑んだ。

千鶴はすたすたと表に出た。

それを追って三人も表に走る。

「大変だ」

圭之助は咄嗟に店の隅にあった天秤棒を摑んで続いた。

「野郎……」

坊主頭の男が、千鶴に飛びかかって腕を摑んだ。

「へっへっへっ」

千鶴に触れた途端に下卑《げび》た笑いを見せる。

「女の腕に触ったのは久しぶりだ」

坊主頭の男は、とろんとした目をしてみせた。

「何を寝言を！」

千鶴はふんっと鼻で笑うと、坊主頭の手首をぐいっと摑んで、鳩尾《みぞおち》を拳骨《げんこつ》で打った。

「ぐう〜」

坊主頭の男は、がくりと地面に膝をつく。

「強い！」

圭之助は天秤棒を担いだまま、口をあんぐり開けている。

「猫八さん、こんな乱暴な人、放っておいていいのですか」

千鶴の声に、慌てて猫八が坊主頭に飛びついて、縄を掛ける。

すると今度は、ひょろ顔の男が匕首を手に襲いかかってきた。

千鶴は咄嗟に、圭之助が持っている天秤棒をもぎ取ると、目の前に来た匕首を天秤棒で打ち払い、続けて、ひょろひょろ顔の男の肩口をしたたかに打った。

「うっ」

肩を押さえて蹲《うずくま》った男を睨み据え、その男の顔に天秤棒の先をぴたりと当てると、

「帰って主の権兵衛に言いなさい。こんな乱暴なやり方は、お上の法に反するものです。最後はそっちの首が飛びますよって」

千鶴は、足元に落ちている匕首を拾い上げると、男たちの前に放り投げた。そして、もう一人の男をきっと睨むと、男たちは仲間を捨てて走って逃げて行った。

「お、おぼえていやがれ」

ひょろひょろ顔の男も、匕首を拾い上げると、肩口を押さえて走り去った。

「千鶴先生……」

仙吉が近づいて来て頭を下げる。

「仙吉さん、お店の棚に新しい野菜を仕入れた様子はありませんが、しっかりと商いを続けることこそ、おなおさんへの供養《くよう》……」

千鶴はやつれた顔の仙吉に言った。

「ですが、おなおを殺した奴を見付けるまでは、じっとしてはいられねえんで」

「仙吉さんまで命を狙われたらどうします……下手人《げしゅにん》捜しは御奉行所に任せなさい」

千鶴は厳しく言ったが、仙吉は小さく頷いただけだった。

六

「先生、猫八が感心していましたよ。千鶴先生が小太刀《こだち》も柔《やわら》も使うとは知っていたけど、あんな鮮やかに男たちをねじ伏せるとは、とね」

翌日やって来た亀之助は、開口一番そう言った。

「いやいや、まことに、私も驚きました。私は恐ろしくて、手も足も出ませんでしたから」

圭之助は苦笑する。

お道は、くすりと笑いながら圭之助を見ている。

「とにかく、あんな輩《やから》を御奉行所は放っておいて良いのですか。証文の中身はめちゃくちゃだし、利子だってべらぼうでしょ」

千鶴は怒っている。

「おっしゃる通りです。ですがお上は、見て見ぬふりをしているんです。高利を罪に問えば、例えば座頭金《ざとうがね》などにも手を付けなければならなくなる」

亀之助は苦い顔で言った。

だが千鶴は納得がいかない。

「じゃあ昨日お縄を掛けた、権兵衛とかいうあの男、どうしました？」

「番屋でいろいろ問い質したのちに帰しています」

「まっ、そんなことなら、なんでもやりたい放題じゃないですか。じゃあ、おなおさんが借りた十両、やはり仙吉さんが返さなきゃならないんですか」

「そういうことです。ただ、高利のままで返済することは免《まぬが》れられるかもしれません」

「あら、それはどういう事ですか？……だって仙吉さんは勝手に名前を使われてたんでしょ」

お竹がお茶を運んで来て尋ねる。

「すみません、いただきます」

亀之助はお茶を一口飲んでから、

「それでも仙吉とおなおは他人じゃない。兄妹です。おなおは間違いなく金を借りている。兄の仙吉は知らぬ顔はできない」

「欺《だま》された者が悪いってことですね」

お道が言った。

「ただ、いろいろと分かってきたことがありまして……」

亀之助は俄に顔を引き締めると言った。

「私が昨日御奉行所で調べたところでは、権兵衛という男、五年前に人足寄場《にんそくよせば》に送られていた男だと分かりました」

「何の罪だったんですか？」

お竹が訊く。

「脅し、喧嘩、博打《ばくち》と、金になることならなんでもやって来た男です。石川島《いしかわじま》に送られたのは、さる商家に脅しを掛けて金を巻き上げようとした罪です。権兵衛はその時こう言ったらしい。こちらの若旦那が賭場《とば》で借金をして押し込められている。殺されるかもしれねえ。だがすぐに、これこれの金を渡せば帰してもらえると、つまり嘘八百を並べて百両の金を要求したようです。ところがどっこい、その商家の倅は、確かに賭場に足繁く通っていたらしいが、その日は体調を崩して臥《ふ》せっていた。そこで商家の旦那は、座敷に権兵衛を上げて待たしておいてから、知り合いの同心に脅されていることを知らせたというんです。権兵衛はお縄になって調べられ、余罪も明るみになって人足寄場に送られたんです」

「でも帰って来た」

お竹が問う。

「そうなんだ、しかも二年弱で帰ってくることが出来たんです。権兵衛の親が身元引受人になって、金も人脈も使って早々に手を打ったのだと思います……」

「そんなことが出来るのですか」

不満げにお道が聞き返す。

「書役《かきやく》もそう言っていた。だいたい人足寄場に送られるのは無宿人《むしゆくにん》が多い。身元引受人もいないそういった輩を再び犯罪人にしないための場所だと言っても良い。だから、重罪とはいえぬ犯罪者たちに手に職を付け、世の中のきまりを教え、その上で身元を引き受けてくれる者を捜して見付かれば、石川島から脱出できる。無宿人から籍のある人間に戻れる訳だ」

「いったい、権兵衛の親というのはどういう人なんですか」

今度は圭之助が尋ねた。あの騒動に関わっただけに興味があるのだ。

「権兵衛の父親は品川《しながわ》で脇本陣《わきほんじん》をやっている地主だった」

「格式のある家じゃないですか。跡取りじゃなかったんですか」

「弟が家を継いだようだ。権兵衛は旅籠商いが嫌で、十七の時に家出をしてならず者の仲間入りをしていたという訳だな」

「あきれた……」

お竹はため息をついたが、そこにいる者みんな同じ気持ちだった。権兵衛は更生もせず石川島を出て来て、相変わらず悪事を働いているということだ。

「そうだ、肝心なことを忘れていた。あの坊主頭の喜多八《きたはち》という男が、おなおが店を訪ねた時のことを話してくれたんだが、男が一緒だったようだ」

亀之助は言った。

「男……その男、何者か分かっているんですね」

千鶴の目が光る。

「おなおの男だと喜多八は言っていた。名は富蔵」

「富蔵！……間違いありませんか」

思わず千鶴は聞き返す。

「先生、富蔵というのは与七さんのおっかさんと駆け落ちした……」

お道も驚いて千鶴に問いかける。千鶴は頷き、

「浦島さま、まさかとは思いますが、その富蔵という者の人相風体《にんそうふうてい》は聞いてはいませんか？」

すぐさま亀之助に訊く。

「色の白い優男だと言っていましたね。おなおの方が男にのめり込んでいるのが分かったと言っていたな」

「色の白い優男……その富蔵という男、板前の見習じゃあないでしょうね」

千鶴は質した。すると亀之助は、

「板前だと本人は言っていたらしい。腕が良くて、ひっぱりだこだと自慢していたそうだが、そんな男が賭場に出入りし、女に借金をさせるなど、おかしな話だが……」

苦笑して言った。

根岸《ねぎし》で暮らす酔楽《すいらく》が膝を痛めて杖《つえ》をついているとの知らせを受けた千鶴は、その日、お竹と二人で治療院を出た。

与七親子や仙吉とおなおの兄妹のことを考えると気が気でなかったが、酔楽のことも案じられる。

そこで急遽酔楽の家に向かったのだが、

「根岸を訪ねるのも久しぶりですね先生。前回私がお訪ねしたのはお正月、あれからもう半年以上経っています。歳を重ねるごとに、あっという間に一年が過ぎていくように感じます」

お竹は、道すがらに見える景色の変化に心を奪われたようである。

人里離れた根岸に近づくにつれ、白百合《しらゆり》が群生している草原や、長い葉を伸ばしている茅《かや》の野が広がっている。

「あっ、とんぼ……」

千鶴も思わず声を上げた。

幼い頃に父に連れられ、この根岸の酔楽を訪ねた時、とんぼが無数に飛んでいて、声を上げて追っかけたことを思い出す。

その父は既に亡くなり、今や酔楽が父親代わり。まずは膝の状態を診て、何か手を打つことが出来たらと考えている千鶴である。

酔楽は武士の身分を捨て医者となった人だ。その時に医学館で父の東湖と勉学に励み、二人は無二の親友となったのだと聞いている。

その後、父の東湖は繁華な場所で大きな治療院を開き、貧しい人からは薬礼を貰わず、後進を育て、最新の医療を施してきた。

一方の酔楽は、鄙《ひな》びた根岸の里に住み、近隣の住民の診察はしているが、のんびりとした暮らしを選んで、酒と女をこよなく愛して今に至っている。

ただし、十一代将軍の家斉《いえなり》の陰の投薬医で、もっぱら精の出る薬を届け、その効があったのかどうか、家斉将軍は十六人の妻妾《さいしょう》を相手に、五十何人かの子女を儲《もう》けている。

若い頃から隠居暮らしをしていても、家斉の陰の投薬医として暮らしている身に不自由はない。

しかも、ならず者だった五郎政《ごろまさ》という男を下男兼弟子にして、万事日々の用向きは五郎政がやってくれているから、酔楽は老人とはいえ安気《あんき》な暮らしをしているのだ。

そんな酔楽が、どうして膝を痛めたのか。

「ごめんください」

玄関でお竹が声を張り上げると、すぐに五郎政が出て来た。

「これは、若先生とお竹さん。早々にすみません」

五郎政は申し訳なさそうな顔で迎えた。

「おじさまの容体は？」

千鶴が尋ねると、

「はい、大丈夫だとは思いますが、一度先生に診ていただいた方が安心だったものですからお知らせいたしやした」

五郎政はきまり悪そうである。

お竹は、持参した折箱を、

「ちらし寿司《ずし》です」

風呂敷包《ふろしきづつ》みごと五郎政に渡しながら訊いた。

「またいったい、どうして膝なんか痛めたんですか」

「それがですね……」

五郎政は、話しにくそうな顔で、

「吉原《よしわら》に行きたいと言うもんですからね。あっしもおつきで行ったんです。そしたら、吉原の通りで石に蹴躓《けつまず》いて膝をついたんです。その拍子《ひょうし》に……」

舌をぺろっと出すではないか。

「呆れた。心配して急いで来て馬鹿みたい。お竹さん、帰りましょうか」

踵《きびす》を返そうとする千鶴に、

「そんな水くさい。若先生、年寄りの冷や水だと思って、診て上げて下さいやし」

懇願する五郎政だ。

「だって、いい歳して……ああ、まったく」

千鶴は愚痴《ぐち》を言いながらも部屋に上がって縁側に向かった。

五郎政はそれを追っかけるようにして、千鶴の耳に訴えるのだ。

「若先生は女の方だから分からないでしょうが、男というものは、そういうものなんです」

「はいはい、分かりました。やれやれ……」

呟いて縁側に出た千鶴は、庭を眺めながら、酒を飲んでいる酔楽のお気楽な姿を見た。

「おじさま！」

叱りつけるように声を掛けると、

「おお、千鶴、来てくれたか」

酔楽はそわそわと酒を隠そうとする。

「膝を痛めたらしいけど、お酒は駄目でしょ」

側に座ると、早速苦言だ。

「いやあ、すまんすまん。何、そこの庭に畑を作ろうと思ったのだ。そしたら石に躓いてしまって……」

嘘を並べる酔楽に、五郎政は手を振り口をぱくぱくさせて、もうバレてると告げるのだが、

「歳は取りたくないものじゃな。まっ、お前に診て貰えれば治るじゃろうて……」

痛めた右足を千鶴の方にどたりと出した。

千鶴は、ぶつぶつ言いながら、酔楽の足を触って、

「骨は折れていませんね……でも少し腫《は》れていますから、無理しないようにして下さい。歳を取ると軟骨の具合が悪くなったり、半月板《はんげつばん》が損傷《そんしょう》することもあり

ますから……まっ、おじさまはご存じの筈ですけど」

　ぐっと酔楽を睨む。

「おいおい、冷たいな。薬は持って来てくれたんだろ?」

「一応お持ちしましたけど……痛み止めと貼り薬。おじさまのところにもあるでしょ」

　軽くいなした千鶴に、

「いや、おまえの薬が良い。置いて行ってくれ」

　まるで年寄りの甘えん坊だ。

　そこにお竹と五郎政が、ちらし寿司と吸い物を運んで来た。

「先生、丁度お昼ですから召し上がって下さい」

　お竹が差し出したちらし寿司を、目を丸くして喜ぶ酔楽に、好き勝手な暮らしをしていても、妻子のいない寂しさがあるのかもしれないと、千鶴は苦笑して酔楽の顔を見た。

　四人はしばらく、庭の景色を眺めながら、ちらし寿司を頬張《ほおば》っていたが、

「そうだ、肝心なことを忘れていた。千鶴、いよいよじゃな、あとふた月もすれば求馬は帰ってくるぞ」

酔楽の言葉に千鶴は恥ずかしそうに頷いた。

「お前の花嫁姿をよく見ておかねばな。あの世に行った時に東湖に報告しなけりゃならんだろう」

酔楽は嬉しそうな笑顔を見せる。

「おじさま、まだ何も正式に決まった訳ではありません。治療院のこともありますから……」

千鶴は求馬が帰ってくれば結婚の話になることを心待ちにしている。

ただそうは言っても、治療院をどうして続けて行くのか、また小伝馬町《こでんまちょう》の女牢《おんなろう》に出向いている件はどうするか、まだ決めかねている。

女だてらに医者という職業を持ち、しかも嫁《とつ》ごうとしている家が旗本《はたもと》となると、菊池家《きくちけ》の格式も考えねばならず、密かに悩んでいるのだった。

「何を困った顔をしているのだ。圭之助もお道もいるではないか。万事わしに任せろ。わっはっはっ」

酔楽は笑った。

七

「千鶴先生、少しよろしいですか」

薬味簞笥の前で薬の調合をしていたところに、お竹が入って来た。

「先生はこれから、佐兵衛さんのところにいらっしゃるのですね」

お竹は真顔で尋ねた。

「ええ、今日はお道っちゃんには、実家にお薬を届けに行くついでに一晩泊まってくるように伝えましたので、私一人で行ってきます」

千鶴は答えたが、お竹の様子がいつもとは違うのに気がついた。

「何か……」

手を止めてお竹を見た。

圭之助は往診で既に出かけていて、治療院には千鶴とお竹だけだった。

「一昨日酔楽先生の所で話していたことについてでございますが、求馬さまがお帰りになり、結婚の話になった折、やはり先生はこの治療院のことで悩むのではないかと、私はずっと前から考えていたんです。でも、酔楽先生のおっしゃる通り、案ずるより産むが易《やす》し、今やこの治療院は、お道さんも立派に代診できるようになりましたし、なにより圭之助先生もいらっしゃる。先生お一人で荷を背負うことはないのですから……」

お竹は千鶴の前に座って言った。

「ありがとう、お竹さん。おっしゃる通り、どうすればこの治療院を守っていけるのか考えております。自分の結婚も大切ですが、そのために父が遺したこの治療院を閉めることは出来ません。第一に考えなくてはならないのは、この治療院のことですから……それに、私もずっとこの治療院の医師として関わっていたいのです。万が一、菊池家がそれを望まないのなら、結婚は諦める他ありません」

千鶴はそのことで、ずっと悩んでいるのだった。

「案じることはありませんよ」

お竹は、きっぱりと言い切った。そして、

「先生はお道さんと圭之助先生のこと、気付いていらっしゃいますか？」

お竹は突然、お道と圭之助の名を出した。

「お道っちゃんと圭之助先生のことって？」

まさかという顔をした千鶴に、

「そうなんです。私が見たところ、あのお二人は、心が通じ合っていますね」

「お竹さん、お道っちゃんから何か聞いているのですか？」

千鶴の問いにお竹は首を横に振ると、

「いいえ、でも毎日見ていれば、少しの変化にも気付きます。今だから申しますが、千鶴先生に求馬さまが最初っから心を奪われていたことも承知していましたよ」

「お竹さん……」

千鶴は苦笑する。

「それに、だんだん千鶴先生が求馬さまにひかれていくのも分かりました。私の目に狂いはありません」

お竹はきっぱりと言ってみせると、

「ですからね、何度も申しますが、あのお二人がこの治療院にいてくれる限り、先生は治療院の長としてのお役目を果たせばよろしいのではないでしょうか」

「お竹さん……」

戸惑う千鶴に、お竹はにこりと笑みを見せると立ち上がった。

するとその時だった。玄関の戸が開く音がした。

台所に行こうとしていたお竹が、玄関の方に顔を向けると、

「誰かしら……」

大きな声をあげながら、取り上げ婆のおとみが入って来た。

「先生、おとみです」

「なんだ、おとみさんだ……」

お竹は千鶴に目配せすると台所に消えた。

「ああ、だんだん暑くなりますね。先生、お尋ねの件、少し分かってきましたので、お知らせに上がりました」

おとみは座ると、袖《そで》を団扇《うちわ》にしてぱたぱたと仰ぎながら、

「まず、米沢町の医師宗庵《そうあん》先生のところに、おなおさんは吐き気がたびたび起ると言って受診していましたよ」

「あっ、宗庵先生ね」

千鶴は頷く。宗庵には何度か会っている。

「宗庵先生はおなおさんに妊娠していると告げたようです。そしたらおなおさんは、喜んでいたようですが、家族の者を連れてくるように伝えたら、以来ぷっつり来なくなったと言っていました。お産の折には、私に取り上げを頼むつもりだ

ったようですが……」

「そう……で、おなおさんは一人で宗庵先生のところに行ったんでしょうか」

「そのようでした。ところがその後おなおさんが向かったのは、子堕《こお》ろしの女《おんな》医者《いしゃ》のところだったようです」

千鶴は険しい顔になって頷く。

女医者というのは、女の医者のことではない。堕胎《だたい》専門の医者のことを言うのだが、総じていかがわしい者が多い。

ところがその女医者に駆け込んで来る女が近頃では後を絶たないのだと、おとみは言う。

「おなおさんが行った女医者は浜町堀沿いの町、富沢町《とみざわちょう》の路地裏にありました。辰之助《たつのすけ》とかいう名の女医者なんですが、なんと、おなおさんは男に連れられてやって来たんだと女医者は言っていましたよ」

「おとみさん、もしやその男は、色の白い男だったのではありませんか」

「先生……」

おとみは驚いた顔で、

「ご存じだったんですか、その男を……」

「男の名は富蔵……違いますか？」

「男の名は聞いていませんが、風体は色白のなまっちょろい男だと言っていました。ところがですね」

おなおは、最初から堕胎には不服だったようだ。

そんなおなおを、男は睨み付け、言い聞かせていたようだ。

しぶしぶおなおが頷いて、女医者が堕胎の手順を説明しはじめたその時だった。

おなおは泣きながら飛び出して行ったという。

男は舌打ちして、すぐに追っかけて外に出て行ったが、それ以来戻って来なかったと女医者はおとみに話してくれたそうだ。

「先生、先生にはその男の名は分かっていたんですね」

「ええ、つい先日判明しました。おなおさんを孕ませたのは富蔵という男です。人相風体はおとみさんが今言った通り。富蔵は言う事を聞かなかったおなおさんを、殺したに違いありません」

これではっきりしたと千鶴は険しい声で言った。

「そんな男、捕まえて獄門《ごくもん》だよ」

おとみも怒りを露《あら》わにして言った。

その富蔵は、谷中《やなか》の感応寺《かんのうじ》の参道にいた。

富蔵は懐手《ふところで》にして歩いて行く。

この寺は、目黒不動《めぐろふどう》、湯島天神《ゆしまてんじん》とともに江戸三富と呼ばれ、幕府から富くじ興業が許されていて、毎月その富くじのある日は大勢の人で賑《にぎ》わっているのだが、今日は富くじの日ではない。

富蔵は、まわりを見向きもしないで歩いて行く。富くじとは別の目的があってやって来たのは明白だった。

ところがその富蔵を、追っかけている男がいた。貸本屋の与七である。

与七は富蔵に気付かれぬよう用心しながら、つかず離れず富蔵の背を睨んで尾行していく。

やがて富蔵は、五重塔《ごじゅうのとう》が見える参道に出た。そしてふいに立ち止まった。何かを見付けたようだ。

富蔵は、ゆっくり歩き始めた。その先にあるのは、みたらし団子を売っている屋台だった。

屋台では女が客に団子を包んで渡している。

「あっ！」

与七は思わず声を上げそうになった。

――おっ、おっかさんだ……。

屋台の女は、与七と父親を捨てて出て行った、母のおまさだったのだ。

母は今も、富蔵と一緒に暮らしていたのかと、与七が落胆《らくたん》したその時、おまさが毅然《きぜん》として睨み、富蔵を待ち受けているのが見えた。

与七は近くにあった杉の木の後ろに身を隠した。

屋台まで数間はあるが、二人のやりとりは聞こえる。

じいっと耳を澄《す》ませ、目を皿のようにして見ていると、

「ひさしぶりだな、おまさ」

富蔵はおまさに近づいて行く。

「なんの用ですか」

おまさは、ぶっきらぼうに返した。

「何の用はねえだろ。おまえとは深い仲だったんだ。それにしても……」

富蔵は辺りを見渡して、

「こんなところで団子を売っているなんて思いもしていなかったぜ。この間富くじでここにやって来た時に偶然おまえを見付けたんだ」

ふっふっと笑って、おまさをじろじろと眺める。

一方のおまさは、冷たい視線を富蔵に投げ、

「おまえさんとのことは、とっくに忘れましたね。お客さんの邪魔になりますから帰って下さいな」

無視するように団子を並べ替え始めた。すると富蔵は、

「そうはいかねえんだ。おまえは忘れてしまっただろうが、一両、貸してやったことがあったな……それを返してもらおうかと思って捜していたんだ」

「一両……」

「仲良くなる少し前だったろ。亭主の稼ぎが悪くて、欲しくても買えないものばかり、などと愚痴を言っていた時に貸してやったろ……その一両の利子がつもりつもって五両になっている。返してくれねえか」

「冗談は止めてくださいな。おまえさんと一緒に暮らしていた時には、私の稼ぎの全てを渡していたじゃないですか。おまえさんはそれで博打三昧《ざんまい》、あの一両なんてとっくに返しています！」

おまさは憤然《ふんぜん》として言った。

「ふん、どこまで生意気なんだよ」

富蔵はいきなり屋台の裏に回ると、銭を入れている小箱を掴もうとした。

「止めて！」

おまさは富蔵の腕にかぶりつく。

「うるせえ！……金がいるんだ！」

おまさの顔を平手で張った。

「あっ」

おまさは地面に崩れ落ちた。

舌打ちした富蔵が、銭の入った小箱にまた手を掛けたその時だった。

猛然《もうぜん》と走って来た与七が、富蔵の背中を木刀で打った。

「野郎！」

鬼の形相《ぎょうそう》で富蔵は振り返ると、

「なんだ、与七じゃねえか。あばずれの母親でも恋しいらしいな」

にやりと笑って、

「母親と二人、痛い目に遭いたいのか……」

ぽきぽきと指を鳴らす。

「お前のために……お前のために……許せねえ！」

与七は木刀を構えて富蔵を睨んだ。

「俺のせいだって……冗談じゃねえや。子持ちの女を、可哀想だと思って相手にしてやったんだ。そのことは、話してやったじゃねえか。恨まれる筋合いはねえぜ」

耳にしたくもない台詞《せりふ》を、富蔵は楽しむように与七に言ったが、次の瞬間、匕首を手に与七に飛びかかって来た。

「ええい、ええい！」

与七は前後上下に木刀を振り回し、富蔵が放つ匕首を払い退《の》けていく。だが、石ころに足を取られて尻餅《しりもち》をついてしまった。

「ふっふっ」

迫る富蔵に、尻餅をついたまま、与七が木刀を構えたその時、おまさがどんぶり鉢大の石ころを抱えて走り寄り、富蔵の背後に回った。

そして石ころを大きく振り上げ、富蔵の後頭部に打ち付けようとした瞬間、富蔵がそれに気付いた。

「危ない！……」

与七が叫ぶのと同時に、富蔵はおまさの肩に匕首を突き立てた。

「ぎゃあ！」

おまさが声をあげた。

その刹那《せつな》、

「あそこです！」

参拝客らしき者が、寺役人二人を連れて走って来た。

「何をしている。止めんか！」

「ちっ」

富蔵は舌打ちすると、急いで一方に逃げ去った。

「おっかさん、おっかさん……」

与七は、おまさを抱えて呼んだ。

「与七……無事だったんだね……与七……」

おまさは涙をぽつりと零《こぼ》すと気を失った。

「おっかさん、しっかりしてくれ……」

涙声で叫ぶ与七を、走って来た寺役人は叱りつけた。

「何をしている！……医者だ！」

八

おまさは、根岸の酔楽の家に運ばれた。

ところが酔楽は足を怪我《けが》していて、止血の応急処置しか出来ない。

「お役人、神田の藍染橋袂に桂治療院がある。そこの千鶴という医者を呼んできてくれ。急いでだ！」

酔楽は、おまさの症状を見るや大声で言った。すると与七が、

「千鶴先生なら知っています。あっしが行ってきます」

与七は酔楽の家を出ると、猛然と走って桂治療院に駆け込むと、千鶴とお道を連れて酔楽の家に戻って来た。

千鶴もお道も、酔楽の家に到着するなり息が切れて座り込んだ。

なにしろ与七は、治療院に駆け込んで来て、

「おっかさんが見付かったんだが、富蔵に刺されて危ないんだ。酔楽先生のところに運び込みましたら、酔楽先生が千鶴先生をすぐ呼んで来るようおっしゃって

……」

荒い息を吐きながらそう告げたのだ。

それで千鶴は大急ぎで手術する道具も用意して、お道と走って来たのだが、流石《さすが》に今にも倒れそうだ。

道中与七にそれ以上の話を聞く余裕もなく、走りに走って来たのである。

「若先生……」

出迎えてくれた五郎政が、冷たい水を出してくれたが、それをゆっくりと少しずつ喉に流して、ようやく一息ついたのであった。

千鶴とお道は息を整えてから、診察室に入った。

「おじさま……」

「おう、待っていたぞ」

酔楽はほっとした顔で千鶴を迎えた。

診察室には、与七の母親のおまさが、肩口を晒しで巻かれて眠っていた。

母親の側には、寺役人が一人見守っている。

「まだ眠っているが急所は外れている。傷口は二寸弱だ。すぐに縫合《ほうごう》してやってくれ」

酔楽は千鶴に言った。

千鶴は頷くと、すぐに傷口の縫合にかかった。

今や相棒のお道は、いちいち指図をしなくても、千鶴の手元に支障がないように補佐してくれている。

診察室はしばらく緊張に包まれた。

やがて千鶴が傷口を縫い終わり、その糸を切ったところで、俄に部屋の張り詰めた空気が和らいだ。

「見事じゃ。お前を呼んでよかった」

酔楽が満足げな顔で言う。

すると、息を凝らして千鶴の手元を見詰めていた寺役人も、

「手際の良いものじゃな」

感心して千鶴を改めて見た。

「田村《たむら》さま、この方は長崎《ながさき》のシーボルト先生から教えを受けた方だ。千鶴先生に診ていただければ安心というものだ」

五郎政が得意げに寺役人に言った。どうやら寺役人の名は、田村というらしい。すると、

「私の親父も、今千鶴先生に診ていただいているところです」

与七も言う。

「いや、先生方のお陰でおまささんは助かりました。しかし、働き者で気立ての良いおまささんが、なぜあのような男に狙われたのか……」

寺役人の田村は、与七の方に顔を向け、

「おまえさん、おまささんを、おっかさんと呼んでいたが……」

怪訝な顔で問いかける。

「へい、あっしが十三歳の時に別れた母親でございやして……」

「何……そうだったのか。おまささんは昔所帯を持ったことはあるとは言っていたが、詳しい事情は口を噤《つぐ》んで話してはくれなかった」

田村の話では、おまさは三年前に途方にくれた顔で境内で座りこんでいたらしい。

通りかかった住職が行く当ての無い人だと知って、近くの長屋を借りてやり、境内で団子を売ることを勧めたようだ。

以後おまさは、団子を売り、また寺内の僧たちの繕《つくろ》い物《もの》も引き受けて暮らして来たのだと言う。

「働き者で、若い僧からは母のように慕われておりました。今日に至るまでに、住職は何度も再婚したらどうかと勧めたようですが、おまささんにはその気はない様子で……」

そうですか、息子さんがいたのですかと、田村はしみじみと言って、眠っているおまさの顔を見た。

その顔からは張りが失せ、苦労してきたことが窺えて、与七は胸を詰まらせる。

与七は、母親の顔を見ながら言った。

「母親が家を出て行ったのは、もう何年も前のことです。あっしが十三歳の頃の事でしたから、子供のあっしには何がどうなってしまったのか良くは分からなかったんですが、まもなくして、長屋の連中から、男と駆け落ちした事を聞きました。ところがあっしの親父はだらしのねえ男でございやして、いつまでたっても母親のことが忘れられねえ。仕事も手につかねえ。そこであっしが貸本屋になって町を歩きながら母親の姿を捜していたって訳でございやす」

「そうか……そのような親父さんを抱えて、おまえさんも大変だ」

田村の言葉に、与七は苦笑を返して、

「いやいや、親父もだらしねえが、あっしも母親を慕《した》う気持ちはずっとありやしてね。親父も親父だが、あっしも母親がいた昔の暮らしが懐かしかった。笑いがあったんですよ、家の中に……それが、母親が出て行ってから、家の中は暗く笑うことがねえ。母親を恨みもしましたが、それよりも年々懐かしい思いが先にたって、一度でいい、また会ってみたいと思いやしてね。そうこうして数年が経った訳ですが、このたびは親父が倒れ、しかも長くはねえと……だったらどうしても死ぬ前に母親に会わせてやりたい。必死で捜しておりやしたら、偶然母を連れ出した男の姿を町で見かけやして……」

「すると、おまえさんは、母親が駆け落ちした男の顔を知っていたのか……」

それならなおさら辛かったことだろうと田村が問うと、

「子供の頃に男に会ったことがありやしたので……」

与七は、長屋に母の居場所を捜してやって来た富蔵の話をして、

「そういう訳でしたので、今日富蔵を見付けた時には吃驚《びっくり》しやした。それで富蔵を尾《つ》けたんです。ひょっとして母の居所が分かるかもしれねえと……まさか感応寺の境内で団子を売っていたとは……きっと親父の心が通じたのではないかと思いやした」

与七は神妙な顔で言った。その時だった。

「与七さん……」

おまさの顔を見ていたお道が声を上げた。

「あっ……」

与七も驚きの声を上げる。

眠っていた筈のおまさの目から、涙がこぼれ落ちている。

「おっかさん、与七だ」

声を掛けると、おまさは静かに目を開け、声のする与七の方に顔を向けた。

「与七……与七……」

小さな声だが、おまさの声は震えている。

「おっかさん……」

与七が膝をおまさの側に寄せると、おまさが手を伸ばして来た。与七はその手を握ると、その場で泣き崩れた。

千鶴もお道も、酔楽も五郎政も田村も、一同感極まって、おまさと与七を見守った。

「ここだここだ、猫八、とうとう見付けたぞ。すぐに大家を呼んでこい」

亀之助は、横網町《よこあみちょう》の長屋に入ると猫八に言いつけた。

この長屋には、元町などで働く板前や仲居などが多いと聞いた亀之助が、元町の料理屋や小料理屋を回り、とうとう富蔵が暮らしていたことを突き止めたのだった。

石の上にも三年ということわざがあるが、多くの若い板前見習は、一本立ちするまで、この長屋で倹《つま》しい暮らしをしながら、腕を磨く者が多いのだという。

富蔵も例外ではなく、この長屋でつい最近まで暮らしていたと言うのであった。

いやいや、石の上にも三年という言葉は、今の亀之助と猫八にも言えることかもしれない。

定中役の亀之助は、常に同心の花形である定町廻りの連中からは鼻であしらわれている。

今度のおなお殺しだって、定町廻りはただの女の入水だろうと早々に結論づけて、

「こんな小さなことにかかわってはいられないんだ。わしらはもっと大切な事件

をかかえている。調べたいのなら勝手に調べろ。どうせ自殺で決着だ」

などと言って、おなおの死体の後片付けを亀之助に言いつけて笑っていたのだ。

それを自死ではなく事件として探索する決心をした亀之助は、自身の威信にかけて、ようやくここまでたどり着いたのだ。

勤め人が多いこの長屋は、昼間は閑散として、誰もいない路地に陽の光が注いでいる。静かだった。

「ふう……」

じろりと辺りを見渡していた亀之助に、

「これはお役人さま、私が大家の伝兵衛《でんべえ》でございます」

猫八が、五十がらみの色の黒い親父を連れて来た。

「南町の浦島だ」

まず亀之助が名前を告げると、大家はくすりと笑って、

「あの浦島太郎の子孫の方でございますかな」

興味津々《しんしん》の目で、亀之助を見た。

「うぉっほん」

亀之助は咳払いをしてから、

「ここに富蔵という男が暮らしていたと聞いて来たのだが……」

大家に訊く。

「おっしゃる通りでございます」

伝兵衛はすぐに答えた。

「何時までここに？」

「はい、つい先頃までおりました。ですが家賃が滞っておりましたし、働いているようには見えませんでした。しかも夜は悪所《あくしょ》に通っていると分かりましたので出て行ってもらいました。他の方の士気が下がりますからね。ここの長屋に入った者は、必ず願いを叶えて、一人前の板前になるというのが評判ですから……」

伝兵衛は苦い顔をしてみせた。富蔵には好感を持っていなかったようである。

「それで、どの家に入っていたのだ？」

亀之助は長屋の軒を見渡した。

「はい、あちらです。まだ空き家のままです」

伝兵衛は奥の長屋を指した。

「中を見せてもらえるかな」

亀之助は改まった顔で訊く。

「どうぞ……」

伝兵衛は、その長屋に亀之助と猫八を案内した。

がたがたと音を立てて伝兵衛は表の戸を開けた。

「ふうん……」

土間に入った亀之助は、板の間から奥の畳のすり切れた四畳半の部屋を見渡した。

「ここには何年住んでいたのだ？」

「三年くらいですかね」

「三年か……」

「板前だと言うので入居して貰ったんですが、嘘っぱちでしたね。ただの遊び人でしたよ」

呆れ顔の伝兵衛だ。

「女は……女がここに来たことは？」

猫八が訊く。

「ああ、何人か見かけました」

亀之助と猫八の顔が俄に険しくなっていく。

「で、親父さんは、おなおとかいう娘を見たことはありませんか？」

いよいよ本題に入って行く。

「あります」

伝兵衛はきっぱりと言った。

「何、何時だ？」

亀之助が畳みかける。

「何度も姿は見かけています。親密な仲なんだろうと思っていました。でも名前を知ったのは、つい最近です。ここにやって来た時に富蔵さんが留守だったものですから、その折名を教えてくれまして、また夕刻に参りますので、富蔵さんが帰ってきましたら、私が来たことを伝えていただきたいのですが……そう言ったのです。ずいぶん疲れた様子でしたがね」

「親父さん、そのおなおという女《ひと》は殺されたんだ」

猫八の言葉に伝兵衛はぎょっとして、

「しかし、富蔵さんには何の変わった様子も見られませんでしたが……」

亀之助と猫八の顔を見た。

「先生、私の目には佐兵衛さんは、随分良くなったように見えるのですが……」

おたねは、診察を終えた千鶴の顔を窺った。

与七の母親おまさが怪我を負ってから五日になる。

与七はこの間、酔楽の家に毎日母親の様子を見るために通っているようだ。

おまさが酔楽の家に運び込まれてきたあの日、

「千鶴や、案じることがないとは思うが油断は禁物だ。この患者に万が一何かあった時に、わしは動けぬゆえ、お道をここに置いて帰ってくれるか」

そう千鶴は酔楽に頼まれて、お道を根岸に置いて来た。抜糸の日まで、お道はおまさの病状を診ているのだ。

そのお道から、おまさの容体は落ち着いていると報告を受けていた。

もう案じることはないと思うのだが、与七にしてみれば毎日おまさの顔を見なければ落ち着かないようだ。

そこで長屋で臥せる父親の佐兵衛については、与七は自分が家を空けている間は、隣のおたねに時々様子を見るように頼んでいるらしかった。

今日も千鶴が往診に向かうと、おたねがすぐに飛んで来て、佐兵衛の長屋に迎え入れてくれたのだった。

「おたねさんのおっしゃる通り、今日は顔色も良いようですね」

千鶴は佐兵衛に微笑んだ。

「す、す、すまねえ」

佐兵衛は礼を述べる。

言葉を発するのは以前のようにはいかないようだが、それでも一生懸命伝えようとする。

「佐兵衛さんは与七さんから、おまささんの話を聞いたんですよ。団子を売って、ずっと一人で頑張って暮らしていたことや、このたびは昔の男に怪我を負わされ、千鶴先生のお知り合いの先生のところで手当てを受けていることもね。佐兵衛さんはその時から、一度も酒をくれ、なんて我が儘なことも言わなくなってさ、一生懸命元気になろうって思っているみたいで、与七さんが嬉しそうに私に話してくれましたのさ」

おたねは千鶴にそう告げると、今度は佐兵衛に、

「そうだよね、佐兵衛さん」

大きな声で呼びかけた。

すると佐兵衛は、照れくさそうな笑みを見せたが、まんざらでもない顔をしている。

「昔別れた夫婦だ。世間体《せけんてい》もあって、会うってことは難しいかもしれませんが、別れた相手が元気で暮らしている。それを知っただけでも、ほっとしたんだと思いますよ。まあ、佐兵衛さんの場合、嫌いになって別れた訳じゃあ、ありませんからね」

おたねは言った。そしてまた佐兵衛に顔を向けると、

「そうだよね、佐兵衛さん」

声を掛けた。

すると佐兵衛は、また照れくさそうな顔をして、小さく頷いた。

「佐兵衛さん、おまささんは間もなく傷口を縫った糸も取れますから、もう安心です。佐兵衛さんもこの調子で頑張って下さいね、いいですね」

千鶴は念を押してから、薬をおたねに渡して佐兵衛の家を出た。

そして長屋の木戸口まで出て来たところに、

「おっとっとっと、良かったぁ……先生に会いたくて走ってきたんですよ」

長屋に走り込もうとした猫八が、慌てて立ち止まって言った。

猫八の後ろから亀之助もよたよたと走って来た。

「どうしたんですか……私に何か?」

千鶴は立ち止まって猫八に訊いた。

「富蔵がつい最近まで暮らしていた長屋が見付かったんですよ」

猫八は息を整えながら言った。

「ほんとうですか……で、家の中を調べて来たんですね」

千鶴の目が俄に厳しく光った。

「調べましたが、おなおに繋がるような物は何も出て来ませんでした。大家に話を聞いてみたんですが、おなおが殺されたあとも、富蔵にはなんら悲しんでいるとか、落ち込んでいる様子はなかったようです」

富蔵は今その長屋にはいない。家賃の滞納が原因で、大家に追い出されたようだと亀之助は苦笑した。

「そう……」

千鶴は頷いた。だがまもなくはっとして、亀之助に尋ねた。

「浦島さま、おなおさんは桶《おけ》か金盥か、何か水を張ったものに顔を押しつけられて窒息して亡くなったと私は見ています。長屋で使用していた道具の中に、溺死を装うために使用した物がある筈です。何か気がつきませんでしたか？」

「さて、家の中にはたいした家財道具は何一つありませんでしたからね。鍋が一つ竈《かまど》にかかっていましたが……あとは」

と言って、あっと気付く。

「そういえば、水瓶《みずがめ》はあったな」

呟いて猫八の顔を見る。

「確かに……」

しまったという猫八の顔を見て、

「案内して下さい、その長屋に」

千鶴は言った。

九

亀之助と猫八に連れられて、千鶴は富蔵が暮らしていたという長屋に走った。

すると、

「あれ……どうしたんだ？」

長屋の前で大家の伝兵衛が若い男になにやら話しているのだが、伝兵衛の足元には水瓶が見える。

三人が近づくと、伝兵衛はすぐに気付いて、

「富蔵さんが使っていた長屋に入る新しい住人です」

そう言って若い男を紹介した。

「両国の小料理屋『松屋《まつや》』の板前で、吉之助《きちのすけ》と申します」

吉之助は千鶴たちに頭を下げた。

「この水瓶は富蔵が使っていた物だろ、ちょいと中を見せてもらいてえんだが……」

猫八が伝兵衛に尋ねると、

「どうぞ……この瓶が何か？」

伝兵衛は怪訝な顔で猫八を見る。

「先にも話したが、ここにやって来ていたおなおという娘が殺されたことでな。いろいろと調べているんだ」

亀之助が説明すると、伝兵衛は頷いて、

「こちらの吉之助さんは所帯を持ったところでしてね。家財道具や台所の物は運

んで来るというので、この瓶は私のところに引きとって、欲しい店子《たなこ》に譲るか貸し出してやろうと思っていたところです」

「何、少しあらためるだけだ」

亀之助はそう言うと、千鶴の顔を見た。

「あちらまで運んで下さい」

千鶴は瓶を井戸端に運ぶよう顔を向けた。

「分かりました」

亀之助は猫八と二人で井戸端まで瓶を運んだ。

すると千鶴は、袂から手ぬぐいを取り出して広げ、一方を亀之助に持たせてから、

「猫八さん、ゆっくり倒して、水をここに流して下さい」

瓶の水を漉《こ》すのだと説明した。

大家の伝兵衛は何が始まるのかと覗いている。

「行きますよ」

猫八は千鶴に告げると、瓶を倒し、少しずつ水を手ぬぐいに流していく。やがて、

「あっ」

猫八が声を上げた。

広げた手ぬぐいに、黒髪が数本見えた。

千鶴は険しい顔で頷くと、

「やはり……」

黒髪を数本手に取って見た。

黒髪というより、少し赤茶けた髪だ。

「仙吉さんにこの髪、見てもらいましょう」

千鶴は懐紙《かいし》を取り出して、それに髪を挟んで懐に入れた。

「いったい、どういう事でございますか？」

伝兵衛が不安そうな顔で亀之助に問う。

「うむ、ここで娘が殺されたという証拠だ。富蔵はこの長屋の中でおなおを殺したに違いないのだ」

「まさか……」

伝兵衛は驚いている。

「旦那、おなおは大川に浮いていたんだ。とすると、この長屋から大川に運ばなければならねえってことですよね」

猫八は木戸の方を見て、

「人の目につかずにどうやって大川まで運んだのか」

思案の顔だ。

「確かに大川は目と鼻の先だが……しかし、おおっぴらに担いで行くという訳にはいかぬな。長屋の者の目がある」

亀之助が言った。すると伝兵衛が、

「ちょっと待って下さい」

千鶴たちにそう告げると、路地の一番奥にある長屋に向かった。

そしておとないを入れて土間に入り、まもなく白髪で総髪撫付《そうはつなでつ》けの初老の男を千鶴たちの所に連れて出て来た。

「辻占いの按針《あんじん》という人です。この長屋では唯一毛色の違った人ですが、この長屋の木戸を出たところで客をとっていることが多くて」

伝兵衛は言い、そうだよねと按針とかいう男に訊いた。

なんのことやらと怪訝な顔を見せた按針に、

「いやね、おまえさん、富蔵さんを知ってるだろ？」

「はあ、ついこの間出て行った……」

まだ怪訝な顔の按針だ。

伝兵衛は頷いたのち、

「おまえさんは昼間だけじゃない、夜も店を出してるだろ……どうだね、富蔵さんがここを出る少し前のことだが、何か長屋から運び出すのを見なかったかね。こちらの方たちが知りたがっているんだよ」

按針の顔を窺った。

「そういえば……」

按針は少し天を仰ぐように目を上に向けて考えたあと、

「布団にくるんだような物を担いで出て来たことがあったな」

はっきりとそう言った。

「それだ！」

猫八が思わず声を上げる。

「それで、その時按針さんは、富蔵に何も聞かなかったのですか？」

千鶴が尋ねる。すると、

「声を掛けました。今頃どこに行くんだと……ですが富蔵は聞こえぬふりして大川の方に歩いて行ったんですよ」

おなお殺しを知らぬ按針は、それが何のことかと千鶴の顔を見た。

千鶴たちは、これで確信得たりと互いに顔を見合わせた。

「これが、瓶の中に沈んでいたのか……」

圭之助は、千鶴が出した懐紙の上に載っている数本の髪を見詰めた。

「もうひとつ、こちらもご覧になって下さい。こちらはおなおさんの兄の仙吉さんに、家の中を探させて集めたおなおさんの髪です」

千鶴は、二つ折りの半紙を広げて見せた。これにも髪が三本載っている。

圭之助は両方の髪を、じいっと見詰めたのち、

「髪の太さ、色合いといい、同じ人間の髪だなこれは。水瓶で見付かった髪は、間違いなくおなおさんの髪だ」

「すると、千鶴先生がおっしゃっていた通り、富蔵って男は長屋でおなおさんの首を摑んで水瓶で窒息させ、布団にくるんで大川に捨てた、ということですね」

側で見ていたお竹が、ぶるっと体を震わせて言った。

「そういうことになるな。恐ろしいことだ」

圭之助は頷いて、

「さて、その富蔵だが、実は往診の帰りに、富蔵が昔板前の見習をしていた店を訪ねてみたんだ、昨日のことだがね」

思いがけない事を言った。

「まあ、圭之助さんが……」

千鶴は驚いて、改めて圭之助を見た。

これまで圭之助は一度もそんな行動をとったことはない。

千鶴が患者のために、親身になって奔走《ほんそう》するのを黙って見てきているが、一度も自ら進んで関わってはこなかった。

それは千鶴のように、いざという時に小太刀や柔で相手に立ち向かうことが出来ないからだ。

かえって足手まといになってはいけないと考えていたのである。だが、

「いや、お道さんに言われたんですよ。この治療院では、あなたはただ一人の男《お》子《こ》じゃありませんか。千鶴先生を助けてほしいって……」

圭之助は頭を掻いた。

「あら、そうだったのですか」

千鶴も笑って、お竹と顔を見合わせた。

「それで、何か分かったのでしょうか？」

圭之助に千鶴は訊いた。

「もう随分前のことだと言いながら教えてくれたんですが、板前修業は中途半端なくせに親方の注意もきかない。女好きで、夜は博打場に足を入れていたようです。おまささんという与七さんのおっかさんのことだと思うのですが、すっかり手玉に取られているのがみえみえで、なんであんな男をと、陰ではおまささんまで良くは思われていなかったようです。富蔵は店にいられなくなって、それでおまささんを道連れにして店を辞めていったようですね」

「ところが、一年ほどでおまささんは富蔵と別れています。おまささんと別れたのちに、おなおさんと付き合っていたんでしょうが、そのことについては？」

千鶴は圭之助に重ねて問うた。

「おなおさんの事は、あの店の人たちは何も知らないようでした。ただ、半月前に富蔵は店にひょっこり現れたようなんです」

「半月前に……」

千鶴は驚いた。

「昔の板前仲間に金を貸してくれないかと言ってきたようです」

「呆れた」

お竹が思わず言った。

「しかし誰も相手にしなかったようですね。あんな男に関わりたくありませんからね……富蔵は金にこまっていたようだと言っていました」

あんまりお役に立つような話は聞けませんでしたがと、圭之助は苦笑した。

「どこに潜んでいるのか……身柄さえ押さえれば、おなおさん殺しは証明できるんですが……」

千鶴が思案の顔で呟くと、圭之助が言った。

「そういえば、仙吉さんのことですが、あの店にたびたび富蔵のことを聞きに行っているようです。仙吉さんは自分の手で妹の敵を取りたいと思っているのかもしれません」

仙吉は本気だと千鶴は思っている。

そうでなければ、今日だっておなおの髪を探して欲しいと八百屋を訪ねた時に、自分はこれこれこんな事を聞いているなどと話してくれる筈だ。だが仙吉からは、そんな話はひとつもなかった。

以前千鶴が仙吉に、敵討ちなど考えないで町奉行所に任せればいいと言ったことがあるが、仙吉にはあの言葉は、受け入れがたいものだったのかもしれない。

――仙吉が勝手な行動をしているとなると……。

一刻も早く富蔵を捕縛《ほばく》してもらいたいものだ。

万が一仙吉が、富蔵を殺したり傷を負わせたりした時には、仙吉は罪人として裁かれる。

「頼りないですものね、浦島さまは……」

お竹は千鶴の苛立ちを察知して言った。するとそこに、

「千鶴先生……」

噂をすればなんとやら……亀之助と猫八がやって来た。

「あら、私たちの話、聞こえたようですね」

お竹は笑って台所の方に向かった。

「富蔵が通っている賭場が分かりやした。奴が出入りしているのは二、三軒あるようです。そこで、今晩から張り込むことにいたしました。千鶴先生もいらいらなさっているんじゃねえかと思いましてね。お知らせに参った次第です」

猫八がそう言えば、亀之助も、

「今度は間違いなく捕縛できます」

きっぱりと言った。するとまた猫八が、

「いつも定中役は馬鹿にされっぱなしです。定町廻りの補佐役だと下目にみられて口惜しい思いをしていやす。千鶴先生のお知恵を借りて、うちの旦那は結構手柄を立ててきているのに、それさえ、まぐれだぁ、なんて笑ってすますのです」

力を入れて説明を始めると、今度は亀之助が、

「辛抱《しんぼう》もこれまでと一念発起、皆で力を合わせて、定町廻りを見返してやろうということになりましてね。定中役の仲間たちも皆で手分けして手柄を立てようと……」

そう言って亀之助が猫八に頷くと、猫八が玄関に走って行って三人の同心を連れて来た。

驚く千鶴と圭之助に、亀之助は得意げな顔で、

「定中役の仲間です」

と同心三人に顔を向けると、

「私は堺信之介《さかいしんのすけ》です」

眉毛がへの字の気弱そうな男が言った。すると、

「私は野村金之助《のむらきんのすけ》です」

こんどは色白でひょろひょろの男が頭を下げた。そして三人目の男はというと、

「私は金子銀平《かねこぎんぺい》です」

背の低い、ニキビの跡が無数に顔に残っている男が言った。

ぱっと見た限り、いずれも亀之助よりも更に役に立ちそうにない面構えだ。

だが亀之助は意気込んでこう言った。

「みんな千鶴先生のことは良く存じています。これからは自分たちもお世話になりたい、紹介してくれと言うので連れてきました。千鶴先生、私からもよろしくお願いいたします」

亀之助は頭を下げる。千鶴は苦笑して、

「意気込みはよく分かりました。でも浦島さま、今晩から張り込む賭場ですが、そこに富蔵が出入りしているというのは確かなんですね」

念を押した。

すると亀之助は、自信満々の顔で、

「先生もご存じの、あの高利貸しの権兵衛たちを脅したんですよ。富蔵がどこの

賭場に出入りしているか教えなければ、おまえたちの悪行をあげつらい、縄を掛けてやるとね……脅して白状させたんですよ」

はっはっはっと亀之助は笑った。

十

南町奉行所の定中役の同心たちの威信を賭けた張り込みは、回向院《えこういん》前にある賭場、そして深川八名川町《ふかがわやながわちょう》にある賭場、更には海辺大工町《うみべだいくちょう》の職人たちが集う賭場と、三ヵ所で行われた。

だが今日で三日になるが、亀之助から富蔵を捕縛したという連絡はなかった。

千鶴は朝を迎えるたびに、今日こそはと気もそぞろで、

「先生、どこか具合が悪いんじゃねえですかい？」

などと診察している患者から案じられる始末である。

亀之助は仲間を引き連れてやって来て、大口を叩いた割には何の成果もなかったのではないかと苛立っているところに、お道が息を切らせて帰って来た。

「先生……」

お道は千鶴を診察室の外の廊下に招くと、

「抜糸は本日行いました。傷の跡もきれいでした。おまささんは与七さんが寺の近くの長屋まで送って行ったんですが……」

お道は苦しげに胸を叩くと、背後にいたお竹に声をかけた。

「すみません、お竹さん、お水下さい」

あわててお竹が水を汲《く》んで来て手渡すと、お道は水を飲み、息を整えてから、慌てて帰って来たのは富蔵の居場所が分かったからだと告げた。

「どこですか、その場所は……」

千鶴は驚いて聞き返す。

「根津権現《ねづごんげん》の岡場所をねぐらにして、門前町《もんぜんちょう》の賭場で毎晩遊んでいるって、五郎政さんの昔の仲間から知らせが来たんです。それで今、五郎政さんが確かめに行ったんですが……とにかく私は早く先生に知らせなくてはと思いまして」

お道は、高揚《こうよう》した顔で報告した。

千鶴は納得顔で頷いた。根津権現と感応寺は距離も近い。富蔵が感応寺の富くじに足を運び、偶然おまさを見付けたのも頷ける。

——それにしても、根津権現の岡場所をねぐらにしていたとは……。

女たらしの富蔵には呆れる。

根津権現は千鶴も昔父親と二度ほど行ったことがある。

もともとは五代将軍綱吉《つなよし》の兄の綱重《つなしげ》の別邸だったもので、その子息綱豊《つなとよ》はこの地で誕生し、胞衣《えな》が埋められた塚が立っている。綱豊が綱吉の跡を継いで六代将軍家宣《いえのぶ》となった時に、綱吉は綱豊の産土神《うぶすながみ》であった根津権現に、壮麗な権現造りの社殿を造営して、社領五百石も寄進している。

江戸でも十指に数えられる立派な権現だが、当然門前町も栄えれば、岡場所や賭場など悪所も栄えるということだ。

「今夜六ッ（六時）、五郎政さんは総門のところで先生を待っているそうです。浦島さまにも知らせてほしいと言っていましたので」

お道は言った。

千鶴は困った。亀之助はきっと今夜も本所深川の三ヵ所の賭場で張り込みを続ける筈だ。

――しかし、今のうちならまだ間に合うかもしれない……。

千鶴はお竹に南町奉行所の定中役と亀之助の役宅も訪ね、今夜根津権現に行くことを伝えてほしいと頼み、日暮れ前には治療院を出た。

「千鶴先生一人では心配ですから私も参ります」

圭之助はそう言ってくれたが、

「五郎政さんがいますから……」

それよりここで待機していてほしいと頼んだ。

夕暮れ時の雑踏《ざっとう》を、千鶴は前を見据えて根津権現に向かった。

黄昏《たそがれ》が街の景色を包み始めた頃、千鶴は総門の前の水路にたどり着いた。

この水路は、町の中を通り、不忍池《しのばずのいけ》に注いでいる。

千鶴は大きく息をつくと、水路に渡した板の橋を渡り、総門の側に立った。

「若先生……」

待つまでもなく、すぐに声が掛かった。五郎政だった。

五郎政は門柱の後ろから、すいと姿を現して、

「ご足労をお願いしてすいやせん」

まずは詫びを入れるが、千鶴が一人でやって来たのを見て、

「やはり浦島さまに知らせるのは無理でしたか……」

少しがっかりした様子だったが、

「今日を逃せば、また何時奴を見つけられるか分かりやせん。富蔵が入った賭場

は、この門前町の路地裏にありやす」

五郎政は歩き始めた。

千鶴は五郎政を追っかけるようにして歩きながら、まだ宵《よい》の口《くち》の門前町の賑わいを眺めた。

昼間は参拝客が行き来する門前町も、夜は軒提灯《のきちょうちん》に灯《とも》りを点した飲食を提供する店が目立つ。

「この奥です」

五郎政は、小さな居酒屋の角から奥に延びた路地を指して、

「あそこにだるまの絵を描いた提灯が架かっていやすが、あの家です。ここらへんでは、だるま屋と言っていやす」

なるほど心細げな提灯の明かりが辺りを照らしている。

その軒下に見張りの若い男が一人、何かするめのような物を手にして、歯で食いちぎっているのが見える。

「浦島の旦那がいなくちゃ踏み込む訳にもいかねえ。奴をおびき出します。ちょいと細工しますので、千鶴先生はここで待機していて下さいやし」

五郎政はそう告げると、すたすたとその家に近づいて、若い男になにやら告げ

て、幾《いく》らかの銭を掴ませてやっている。

若い男は掌《てのひら》の銭を確かめると、巾着に入れてから家の中に入って行った。

千鶴は体を物陰に隠し、その時を待った。

まもなくだった。若い男が富蔵を連れて出て来た。

五郎政は富蔵に何か話し、富蔵はしぶしぶ五郎政に連れられて千鶴のいる方に歩いて来た。

千鶴のすぐ近くにやって来た時だ。富蔵が何かに気付いたらしく、

「どこまで行くんだ。儲け話を持って来たという者はどこにいる?」

立ち止まって、険しい目を五郎政に向けた。

五郎政は素早く一間ほど飛び退くと、

「富蔵、お前さんには一緒に番屋に来てもらおうか」

身構えて言った。

「なんだと……てめえは誰だ。俺を欺しやがったな!」

富蔵は、胸元から匕首を取りだして構えた。

「待ちなさい!」

千鶴が物陰から出て来た。

「おなおさんを長屋の水瓶に顔を押し付けて殺しましたね」

千鶴は言った。

「なんの話だ。知らねえぜ。いったいぜんたい、お前は誰だ！」

「医者の桂といいます。証拠は揃っています。下手人としての罰は受けるべきです」

「うるせえ！」

富蔵が足を広げて構えた時、

「妹の敵、思い知れ！」

仙吉が飛び出して来た。

「危ない、止《よ》しなさい！」

千鶴が叫ぶが、仙吉は斬りかかって行った富蔵に躱《かわ》されて、次の瞬間足を掛けられ、地面にもんどり打って転がった。

すぐに富蔵が仙吉の襟首を左手で摑んで引き揚げようとしたその時、千鶴が走り込んで、富蔵の右手にある匕首をたたき落とした。

「あっ」

富蔵が悲鳴を上げると同時に、千鶴は富蔵の腕をねじ上げていた。

「いててて！」

仙吉から手を放し、富蔵が膝をついたその時、

「召し捕れ！」

門前町の灯りを頼りに、亀之助たちが走って来た。

「先生、すまねえ」

猫八はそう告げると、間髪《かんはつ》を容《い》れず富蔵に縄を掛けた。

「お竹さんが知らせてくれまして……間に合ってよかった」

亀之助はほっとした顔だ。ただ、自分たちの目論見《もくろみ》が外れたことで意気揚々《いきようよう》という表情ではない。

「浦島さま、縄を掛けたのは猫八さんですよ」

千鶴が笑って言ったその時だった。

よろりと立ち上がった仙吉が、ふたたび匕首を手にして富蔵目がけて突き進んできた。

「お止めなさい！」

千鶴は素早く富蔵の前に立ち、突いてきた仙吉の匕首をたたき落としてその腕を摑んだ。

「御奉行所に裁いていただくのです。こんなことをして、おなおさんが喜ぶと思うのですか！」

仙吉を叱りつけた。

「ううっ――」

仙吉は跪《ひざまず》いて泣き崩れた。

富蔵は二日後には小伝馬町に送られて、その後首を刎《は》ねられたと亀之助から報告を受けたのは今朝のことだ。

――おなおさん殺しは決着した……。

あとは兄の仙吉さんが立ち直って家業に勤《いそ》しむことが出来るよう祈るばかりだと、まずはほっとした千鶴は、

「このたびはお竹さんにまでお手数をおかけして……」

昼食後のお茶を淹れているお竹に礼を述べた。

「とんでもない、何時でもお竹を使って下さいませ。私、初めて心急きながら浦島さまを捜したんですが、なんだか、こう、いつにない緊張感を味わいました」

お竹は笑った。と、その時玄関の方で声がした。

「誰かしら」

お竹は玄関に出て行くが、すぐにおたねを連れて千鶴のいる居間に戻って来た。

「先生、佐兵衛さんの様子がおかしいんです。往診をお願いします。与七さんは、親父の最期かもしれねえと、おまささんを迎えに行ったんです」

おたねは訴えた。

「よし、私も一緒に行こう」

圭之助はもう立ち上がっている。

千鶴は留守をお道に頼んで、圭之助と佐兵衛の長屋に走った。

「これは先生……この通りです、大丈夫でしょうか」

佐兵衛を見守りながら千鶴たちを待っていたのは、大家の彦兵衛だった。

見たところ佐兵衛は昏睡《こんすい》状態だった。

千鶴は脈や呼吸、目の色など診察したのち、圭之助に深刻な顔で頷いた。

圭之助も脈を診る。だがその顔は暗い。

「やはりもう駄目ですか……せめて生きているうちに、おまささんの顔を見たかったに違いないんだが、与七さんの話では、おまささんは今更家には帰れない、申し訳ない、などと言って一度も見舞いにも来てくれないんだと嘆いていました。こんなに女房を好いてる男も珍しいのに……気の毒な人だ」

彦兵衛は涙を拭う。

「会いに来てくれても、もう分からないでしょうね」

おたねも目頭を押さえる。

「親父……」

その時だった。与七がおまさを連れて帰って来た。

おまさは部屋に掛け上がって来たが、彦兵衛や千鶴たちの深刻な顔を見て、佐兵衛の枕元におそるおそる座った。

「おまささん……」

声を掛けるが、佐兵衛は既に昏睡状態だ。

「おまえさんを待っていたに違いないが、ご覧の通りじゃ」

彦兵衛がおまさの背後から言った。

おまさは佐兵衛を見詰めたまま頷くと、懐から手巾《しゅきん》を出して、佐兵衛の頬や額を優しく拭いながら、

「全て私が悪いんです。本当にごめんなさい。でも、今更こんなことを言っても

信じてもらえないかもしれませんが、あの富蔵から逃げて、ずっと一人で暮らしていたんです。何をしていても、この家のこと、おまえさんのこと、与七のこと、思い出しておりました。おまえさん、私をかわらず案じてくれていたんですね、与七から聞きました。ありがとう……本当にあり……」

ついにおまさは大粒の涙を流して泣き出した。

千鶴も思わずもらい泣きをする。

「あっ、おまささんの声が聞こえたんだよ」

おたねが、驚いて声を上げた。

はっとなって千鶴たちも佐兵衛の顔を見た。

すると、佐兵衛の目から涙が一筋流れているではないか。

「おまえさん……」

おまさが声を掛けるが、佐兵衛はそれっきりぴくりともしない。

圭之助が佐兵衛の脈を診、息を確かめ、千鶴に頷いたのち言った。

「たった今亡くなりました」

与七が歩み寄って、

「親父、よかったな。おっかさんに会えて……」

声を掛けると与七も泣いた。

「これを機に、おまささんはこの家に帰ってくればいい。与七さんは親父さんの跡を継いで良い職人になるに違いない」

彦兵衛が告げると、

「そうだよ、それが一番の供養だよ。長屋の連中もおまささんが帰って来るのを待っているんだからね」

おたねも力強くおまさに言った。

千鶴と圭之助は顔を見合わせると、悔やみを述べて外に出た。

「あの状態で、おまささんの声が聞こえていたとは……」

黙って歩いていた圭之助がふいに言った。

「ええ……」

千鶴も同じことを考えていた。

二人は黙って帰路についた。

第二話　雨のあと

一

竪川《たてかわ》の南側、一ツ目橋《ひとつめばし》と二ツ目橋《ふたつめばし》の間には松井町《まついちよう》一丁目と二丁目という町がある。

その一丁目には遊女屋が軒を連ねているが、その一軒『浪速屋《なにわや》』の軒先を注視しながら、巾着をぶら下げた四十半ばの女が、誰かを待ちくたびれた様子で立っている。

浪速屋は五年前までは、別の経営者が営む『田島屋《たじまや》』という女郎宿だった。

人待ち顔の女は名をおつねと言うのだが、その田島屋で客を取っていた女だ。

多くの女郎が、年季を終えても宿主《やどぬし》によって新しく背負わされた借金のために、女郎宿で老い果てるか、病になって死を迎えるか……二つの道しかない。

そんな中で、おつねが女郎宿から解放され、今小金貸しをして暮らしていけるのは、浪速屋の前の主、田島屋仁兵衛《じんべえ》のお陰だ。

田島屋仁兵衛は店の沽券を売り払い、上総《かずさ》の田舎で静かに暮らすことにしたのだと言い、当時抱えていた女郎たちに暇を出してくれたのだった。

本来なら女郎たちが背負っている借金を声高《こわだか》に言いつのり、同業者に女たちを売り渡すことだって出来た筈《はず》だが、

「老後を夫婦二人で、静かに田舎でゆっくりと暮らすだけの資金をつくれたのは、お前さんたちのお陰だ」

田島屋仁兵衛はそう言って、女郎たちの借金全てを帳消しにしてくれたのだ。

当時伏玉《ふせだま》として働いていた女たちも、皆自由の身となった。

田舎に帰る者あり、水商売に移る者あり、七人居た女郎のその後選んだ道は様々だが、小金を貯めていたおつねは、長屋の者や水商売で働く者など底辺の暮らしをしている者たちを対象にした金貸しを始めたのだった。

むろん本所界隈《かいわい》の女郎宿に暮らす女たちも、おつねのお客である。

女郎宿の女たちをお客にしたのは、単なる小銭稼ぎのためではない。女たちの胸に溜まった鬱憤《うっぷん》を聞いてやるだけでも、心が安まるのではないかと考えたから

だ。

今日もこの界隈の女たちに金を貸し、または返済して貰うためにおつねはやって来たのだが、今日こそは浪速屋の宿主おれんに会って話をしてみたいと、先ほどから宿の表でおれんが出て来るのを待っているところである。

辺りはまもなく夕暮れを迎える。

川面《かわも》から上がって来る熱の籠もった湿気が河岸地《かしち》一帯に広がったと思ったら、川岸の草むらでは雨蛙《あまがえる》が鳴き始めた。

「今夜から雨か……」

おつねは独りごちた。

雨が降るごとに夏の終わりが近づいている。今年の夏も終盤を迎えたということだ。

なにしろここの蛙は天気を察知する能力が抜群で、昔から雨蛙が鳴き始めると、天日干《てんぴぼ》ししていたものを取り入れたり、明日の用事も今日のうちにすませようとしたものだ。

この地に立てば、そうした日常のほっとした出来事も思い出すが、過酷な女郎の暮らしも同時に思い出さずにはいられない。

それでもここにやって来るのは、女郎上がりの自分だからこそ出来ることがある、そう考えてのことだ。

おつねは、待ちくたびれて通りにある石の腰掛けに座った。

そして煙草を取りだし、煙管に詰め、吸い始めた。

ゆっくりと煙を吐きながら、やってくる男たちを見定める。

――あれは商人だ……あの男は職人だね……そして鼻歌を歌いながらやって来たあれは職を持たない遊び人だろうよ……おや、今やって来たのは田舎者だ、江戸の女を抱いて国元に帰り、大いに鼻高々で話すのだろうね……それにしても、この世の男と女の縮図とはいえ、女を抱かなきゃいられない男も哀れなら、抱かれる女郎も哀れなものさね……。

などと勝手に想像を巡らして視線を送っていると、浪速屋の表に架かる暖簾が割れた。すると青縞《あおじま》の着物に黒繻子《くろじゅす》の帯を小粋《こいき》に締めた、おつねと同年ぐらいの女が出て来た。

女は浪速屋の主、おれんだった。

もっとも浪速屋の真の主は別にいて、おれんは店を委《まか》されているだけだとも聞いている。

おつねが煙草の灰を急いで落として立ち上がると、そこにおれんが不敵な笑みを浮かべながら下駄《げた》を鳴らして近づいて来た。

「おつねさんだったね、何の用だね。おまえさんも知っての通り、これから忙しくなるんでね、手短に頼みますよ」

おれんはぎろりと睨んで来た。

化粧は濃いが皺《しわ》でひび割れしている哀れな顔だ。若い女郎の向こうを張って若作りしているんだろうが、おつねの目には滑稽に見える。

おつねはおれんを睨み返すと、

「いえね、浪速屋さんの女郎の皆さんが、もう少し力のつく食事をお願いしたいと言っているんですがね。自分たちでは申し上げにくい。でも力がつかなきゃ大勢の男を相手にできない。そう言って嘆いているものですからね。そこであたしが女郎たちに代わって頼んであげようと思ったんですよ」

一歩も引かぬぞという声音で言った。

「ふっ」

おれんは鼻で笑ったのち、

「浪速屋の、どの女郎が言ってるんですか？」

おつねの目を探る。

「みんなの望みですよ。みんなのね」

「冗談じゃないよ。女たちには十分に喰わせていますよ。何も知らない他人のお前さんに、とやかく言われる筋合いはありませんね」

おれんは小馬鹿にした顔で言って退けた。

「そうですか……あたしが聞いた話では、終日客を取れなかった女郎は一日の食事は握り飯ひとつのみ。客を取った女でも握り飯ふたつに大根のつけもの、そしてめざし一匹……いろいろ喰いたけりゃあ、客に外から取って貰ってそれで腹を満たせばいい……そう言っているんだってね、おまえさんは。そんな馬鹿なことを言う宿主は、女郎屋の主としては失格だね。体力勝負の女郎の仕事が、そんなことで務まると思っているのかね。しかもお客が気の毒がって、こっそり女郎に渡した金までぶんどっているというじゃないか。商いの金は商いの金、心付けは別物だ。そんな物まで取り上げちゃあ盗人《ぬすっと》というもんだ。盗人も十両盗めば首が飛ぶんだよ。そうそう、まだあった……おまえさん、病になった女郎が薬を買ったり医者の診察を受けたりした時には、全部女郎持ちにするんだってねえ。おまえさんはいったい、何のために帳場に座っているんだい！」

おつねは、ぐいっと睨んで、

「阿漕《あこぎ》だねえ……」

皮肉たっぷりの笑みを送った。

「おつねさん、作り話もいい加減にしてもらいたいね。証拠でもあるというのかい……出してもらおうじゃないの」

おれんは言い返す。海千山千《うみせんやません》の女である。

しかし、おつねもそんな事で引き下がる訳がない。

「おやおや、シラを切れば、あたしが信じるとでも思っているのかい……あたしは昔ここにいた者だよ。女郎の暮らしがどんなものか骨の髄《ずい》まで知ってますよ。知っているから言ってるんですよ。いくら売り物買い物と言ったって女郎も人間だ。これ以上おまえさんがシラを切るというのなら、そうさねえ、知り合いの町奉行所のお役人にでも話しておきますか」

おつねの言葉に、とうとうおれんの怒りに火が付いた。

「お若い衆！……出て来ておくれ！」

近くにある見番《けんばん》の表に向かって大声を上げた。

すると、二人の人相の良くない男が飛び出して来た。

一人は痘痕面《あばたづら》の太った男で、もう一人は青白い陰険な顔の男である。その二人に、

「すまないが、この女をここから叩き出しておくれ」

おれんに言われて、二人の男はおつねを挟むように両脇に立った。

「足の一本も折ってやるんだ！」

おれんは後ずさりするとそう叫んだ。

「やれるものならやってみな」

おつねは胸を張った。

——こんな奴らに負けてたまるか……。

後に引けば、二度とこちらの言い分は聞いてくれまい。それにあたしは女郎じゃないんだ。

そう思ったが甘かった。

「おつねさんよ、昔の馴染みで勘弁してやりたいが、この時節、おれんさんに言われては、そうもいかねえんだ。謝りな、謝って帰るなら許してやるぜ」

痘痕面の男が言ったが、

「おまえさんは桑蔵《くわぞう》さんだったね、それに巳之《みの》さん」

おつねは痘痕面の男を桑蔵と呼び、青白い男を巳之と呼んで、

「あたしは曲がったことが大っ嫌いなんだ、知ってるだろ。そんな脅しに乗る女じゃないよ！」

おつねが切り返した途端、桑蔵と巳之の二人がおつねを捕まえて、顔や頭をさんざんに殴り始めた。

おつねは声も出せない。最後には蹲ったおつねの腹に、巳之の蹴《け》りが入れられた。

「くう……」

腹を庇《かば》って地面にうつ伏せになったおつねの口からは、ねっとりとした血が流れて来た。腹も痛み、左の腕も折れたらしい。

「おれんさん、これでいいかい？」

青白い顔の男がおれんにお伺いを立てると、おれんは満足そうな顔になって、這《は》いつくばっているおつねの顔を覗き、右手をぐいと伸ばすと、おつねの胸ぐらを摑んで言った。

「とっとと消えな！……二度と来るんじゃないよ！」

おつねの顔に毒づいた。

「くそっ」

おつねは咄嗟にかんざしを引き抜くと、おれんの右肩に突っ立てた。

「ぎゃー!」

おれんが叫んだその時だった。

「どけどけ!」

町奉行所の同心と岡っ引が走って来た。

「南町の者だ。神妙にしろ!」

おつねとおれんに向かって声を上げたのは、浦島亀之助と猫八だった。


「あっ、美味しい!」

千鶴は一口タコの炊《た》き込み御飯を口にすると、目をぱちくりして圭之助の母、おたよの顔を見た。

「美味しゅうおますやろ?」

おたよは得意げな顔で言った。

今日の夕飯はタコ尽くし。

久しぶりにおたよが桂治療院にやって来たと思ったら、大きなタコ一匹をぶら

下げて来て、

「今夜の御飯は私が作りますよって、楽しみにしていて下さいませ」

にこりと笑って千鶴に告げると、さっさと台所に上がって前垂れを着けたのだ。

「よろしいですか、いただいて……」

遠慮の言葉を掛けたお竹に、

「明石《あかし》のタコやありまへんし、美味しいかどうか分からしまへんけど、今日長屋にやって来た魚屋が——おかみさんは大坂《おおさか》の方と聞いておりますが、お歳のわりにはお若いですな。あっしには、十歳は若く見えますぜ——なんて言ってくれたもんですから、つい買ってしまいました」

と言う。

「それはそれは、そういうことでしたら、ご馳走になります」

お竹が笑って返すと、

「ほならうちの言う通りにお手伝いを頼みます」

そう言っておたよが作ったタコ尽くしの料理が、今夜はおのおのの膳《ぜん》に載っているのだった。

タコの炊き込み御飯、タコの刺身、タコとキュウリの酢味噌和《すみそあ》え、そしてタコの足だけを柔らかくなるまでコトコト煮詰めた甘辛煮《あまからに》。

もちろん今夜は、倅の圭之助も一緒に膳を囲んでいるのだが、賑やかな母親と違って、こちらは照れくさそうな顔で箸を使っている。

「ほんとに美味しい、タコ飯って、こんなに美味しかったんですね。しょうがの香りもしていて、こんなに美味しい炊き込み御飯、私、初めてです」

お道は頬を紅潮させて言う。するとおたよは、

「日本橋の大店、伊勢屋さんのお嬢さんに、そんな風に褒《ほ》めてもらえるなんて、ほんに嬉しいこと……」

大げさに喜ぶのを、圭之助がちらと垣間見る。するとまたお道が、

「私はなんにもお料理のことは分かりません。教えていただけないでしょうか？」

真剣な顔で言った。

「あら、お道っちゃん、本気ですか？」

わざと驚いた顔でお竹が訊くと、

「ええ、いつか……」

顔を赤くしたお道に、おたよは嬉しそうに言った。

「お造りは生のままですけど、後は一度茹《ゆ》でてね、それから使います。御飯の方は、お出汁《だし》をとっておいて、御飯を炊く時に、お水の代わりに使うとよろし。タコは茹でてから食べやすい寸法に切って、醤油《しょうゆ》、みりん、お酒などを入れたあと、米の上に載せて炊きますのや。しょうがはお好みで炊きあげてから入れればよいと思いますよ。私はこちらの味噌和えが大好きですの。これ白味噌を使っていますからね。まっ、食べてみて下さい」

一通りのおたよの料理の説明を聞きながら、皆夢中で箸を使った。

おたよはみんなが美味しそうに食べるのを眺めながら箸を取ったが、俄に降り出した雨の音に気付いて、

「雨や……」

呟くと、立って行って外の様子を眺めて戻り、

「本降りですわ」

独りごちてまた箸を手にして、

「亭主が亡くなったのも、こんな雨の降る夜でした……」

おたよに似合わぬ、しみじみとした声で言った。

「おふくろ……」

圭之助が制するように声を掛けるが、

「亭主は大坂にあるさる藩の蔵屋敷で、米をはじめ蔵屋敷内にある諸色《しょしき》物品の管理を委されていた人なんです……」

雨の音に誘われたように、おたよは昔を語り始めた。

身分は蔵役人という最下級の身分で、しかも年季奉公《ねんきぼうこう》扱いだった。それでもその職に就《つ》いていたのは、おたよと所帯を持ったことで、暮らしのための銭が欲しかったからだ。

おたよの亭主の先祖は、元禄《げんろく》時代に断絶した小藩の足軽《あしがる》だったようで、お家断絶の原因は野良犬を藩士が殺したからだという。

当時江戸の下屋敷では鶏《にわとり》を飼育していた。卵を産ませて食料にしていたのだ。

ところがある日、迷い込んで来た犬に襲われて数羽の鶏が殺された。

それを知った藩士たちは怒ってその犬を殺してしまったのだ。

ところがこの犬、さる旗本の家の飼い犬だった事が判明し、小藩は犬殺しで訴えられた。

藩主は老中《ろうじゅう》に事情を説明した。

小藩で飼う鶏は大切な食料のひとつ、貴重な卵を産んでくれていた。その鶏たちを襲った犬は野良犬だと思って殺したのだ。首輪もしていなかったことが分かっている。致し方のないことだった。寛大なご処置を願いたいと申し立てたのだ。

ところがこの申し開きに聞く耳持たぬ老中がいた。

おそらく旗本が手を回していたのだろうが、藩主の申し立てに対して、犬を殺すことは将軍綱吉さまにたてつくことだと厳しく非難、結局お家断絶に追い込まれたのだった。

赤穂浪士《あこうろうし》事件が勃発《ぼっぱつ》する二年ほど前の話だ。人の命より、お犬さまの命が大切にされた時代だ。

以後、浪人となったおたよの亭主の家は、仕官も出来ず大坂で暮らしていたという訳だ。

辛い昔を背負ったおたよの亭主は、ある日今にもそこに倒れそうな浪人が蔵の前で物乞《ものご》いをしていると下男から聞かされ、その浪人にどんぶり一杯程の米を恵んでやったのだ。

その米は、蔵の中で土間にこぼれ落ちたものを集めた米で、土も混じっている。作業の途中でこぼれた米は、蔵に従事する者たちで処分してもお目こぼしをしてくれていたものだ。

　ところがこの行為が問題となり、おたよの亭主は職を解《と》かれた。

「この世の理不尽《りふじん》に胸を焦がしながら亡くなったのは、まもなくのことでございましてね……」

　おたよはそう話し終えると、にこりと笑顔を見せて、

「でもね、うちは、そんなことでへこたれてる訳にはいきまへんでした。倅を一人前に育てなくてはと思ったものです。ええ、その時ですね、もう浪人は駄目だと、この子は医者にしようと……」

　ちらと倅の圭之助に視線を流すと、

「ですから今こうしてこちらで千鶴先生と肩を並べて診察出来ることは、ほんとに、親としても嬉しいんです。このようなタコの料理ぐらいで喜んで下さるのやったら、なんぼでも、腕ふるいたいと思います」

　にっと笑って美味しそうに食べている皆の顔を見た。

「いえいえ、助けていただいているのはこちらの方です。どうぞお気遣いなく……」

　千鶴は慌ててそう言った。

和やかな夕食も終わろうとしたその時だった。玄関の戸が乱暴に開いたと思ったら、

「先生、千鶴先生！」

猫八が飛び込んで来た。

「雨の中を申し訳ねえんですが、松井町の番屋まで来ていただけねえでしょうか。女が腕が折れて苦しんでおりやして……打撲《だぼく》もしていて痛がっているんです」

荒い息を吐きながら言った。

「私も行きましょう」

圭之助が言った。

二

四半刻（三十分）後、千鶴と圭之助は本所の松井町の番屋に入った。

「先生、雨の中をすみません」

亀之助が待ち構えていて、千鶴と圭之助を番屋の畳の部屋で脂汗《あぶらあせ》をかきなが

ら痛みに耐えているおつねに視線を投げて頷いた。

この本所の番屋は広かった。執務をする畳の部屋は四畳半だが、他に三畳の畳の部屋が見える。奥にある取り調べを行う板の間も広かった。昔は番屋の広さや間取りに差はなかったが、近頃では町によっては広くしたところもある。

おつねという女は、三畳の部屋に入れられていた。

「ううっ……ううっ」

痛みを堪《こら》える苦悶《くもん》の声をおつねは出している。

当番の差配人《さはいにん》や書役は、為《な》す術もなく案じ顔でおつねを見守っていた。

「今手当てしますからね」

千鶴はおつねに告げると、番屋の差配人と書役には、

「皆さんは隣の部屋でお待ちください」

千鶴は二人に言った。女の患者の場合、胸をはだけなくてはならないからだ。

「それじゃあ、何かあれば、おっしゃって下さい」

差配人はそう言うと、書役と一緒に隣室の執務の部屋に移動した。千鶴と圭之助はおつねの側に腰を下ろすと、すぐに診察を始めた。

頭……首……膨れあがった顔を丹念に診て、そして腕に触った時、

「痛い！」

おつねは悲鳴を上げた。

「いい歳をして喧嘩なんかするからだよ」

部屋の隅に座って見ていた猫八が叱ると、

「おまえさんには分からないんだよ！」

おつねは怒鳴り返したが、また痛い痛いと声を上げた。

圭之助は持参した痛み止めの薬を飲ませた。

「これで痛みは楽になる筈だ」

まもなく、おつねはうとうとし始めた。

千鶴と圭之助は、折れた腕を固定して晒しを巻いていく。

そして千鶴は、おつねの胸をはだけ、打撲の後を確認し始めた。一方の圭之助は足の方に回って確認していく。

「これは酷《ひど》い」

足を診ていた圭之助が言った。

おつねの足はパンパンに腫れあがって、しかも紫色を呈《てい》している。

「こちらも手当てをしておきましょう」

圭之助がすばやく手当てをするのに視線を投げてから、

「いったい、この人、どうして腕を折るようなことになったんですか?」

千鶴はおつねの着物を合わせて胸を覆《おお》うと、待機している亀之助に尋ねた。

「まだ詳しいことは分かっていないんだが、浪速屋という女郎宿の女将《おかみ》と言い争いになり、見番の男衆《おとこし》に殴られたようなんですよ」

「まあ……」

驚いて千鶴はおつねの顔を見た。

「この人は、おつねという小金貸しらしいんですがね」

「おつねさん……」

「はい、おつねも相手を傷つけているんです。浪速屋の女将でおれんという女の肩を、かんざしでぶすりと……」

亀之助は自身の肩に突き立てる真似《まね》をした。

「すると、そのおれんという人の治療はどこで?」

「隣町に松尾《まつお》某《なにがし》という医者がいるそうでして、そちらで手当てをしてもらっている筈です」

「喧嘩の理由は何だったんですか……」

千鶴は医療道具を片付けていた手を止めて亀之助を見た。

「それはまだ……私と猫八が喧嘩に出くわしたのも偶然だったんです。今日は非番でした。あの町に昔世話になった方が隠居して暮らしておりまして、そこを訪ねての帰りだったんです。女郎屋の近くを通りかかったら、女郎宿で喧嘩をしていると大声で私を呼ぶ者がございましてね。それで走って行ったら、丁度おれんという女をおつねが刺したところだったんです。ですからこのおつねに縄を掛け、ここに連れて来たという訳なんですよ。むろん調べはこれからですが、ご覧の通り痛がっていて調べるどころじゃあない。腕が折れてるのも分かりましたので、それで先生にお願いに行ったんです」

亀之助は途方にくれているようだった。

「浦島さま、どんな事で揉めていたのか知りませんが、おつねさんが受けた傷の跡を見る限り、殴る蹴るの暴行を受けていますね。そうでなければ、これほどの負傷にはなりません。時間が経てば、もっと怪我の状態は悪くなると思います。このおつねさんて人がかんざしで刺したということですが、それ以前に、おつねさん一人に男衆が寄ってたかって暴力をふるったってことでしょう？……喧嘩は両成敗《りょうせいばい》、喧嘩相手の人たちを野放しにしていてよろしいのですか」

千鶴が厳しく質すと、亀之助は困った顔で、

「確かに……今思えば、おっしゃる通りです。でもあの時は、おつねがおれんを刺したところでしたので、男衆の言う通り、この人にだけ縄を掛けて連れてきたんですが……」

反省の色を見せた。

「まっ、調べはこれからでしょうし……」

千鶴は薬箱を素早く片付けると、

「何か変わったことがあれば、お知らせ下さい」

亀之助たちに言い置くと、圭之助と一緒に松井町の番屋を出た。

「あっ、雨が止んでいますよ」

圭之助は、掌を上に向けて確かめると、

「しかし、あのおつねという人、深い訳がありそうですね」

千鶴に言った。

「何、松井町の女郎宿で喧嘩があって、浪速屋の女将が肩を刺された……さもありなんだな」

酔楽は羊羹を美味しそうに口に運ぶと、納得顔で頷いた。

久しぶりに根岸から五郎政と二人で出て来た酔楽は、どこかで一杯やって帰ろうという算段らしい。

だが、昼前にやって来て昼ご飯を食べたあとも、せんべいを出してくれ、やっぱり羊羹がいいな、などと年寄りとは思えぬ食欲だ。

「おじさま、浪速屋をご存じですか？」

千鶴は、お茶を淹れながら酔楽に訊く。

「あの店は以前は田島屋だったんだ。だが宿主が店を畳んで田舎に引っ越したのち、浪速屋の暖簾が掛かった。あそこには確か五軒の女郎屋が軒を並べている筈だが、浪速屋になってから評判が良くない」

「流石おじさま、おじさまに伺えば、何か分かるかもしれないと思ったものですから」

千鶴は笑った。

近頃酔楽が本所の女郎宿に通っているかどうかは知らないが、たびたび本所の方に足を運んでいることは知っている。

なんとその理由を——家斉将軍のために作っている滋養強壮《じようきようそう》の薬が、効いているかどうか確かめているんだ——などと千鶴には説明していたが、やはり松井町の女郎宿も覗いていたようだ。

「何を誤解しているんだ。わしは松井町には一、二回しか行ってはおらんぞ。ただ前の宿主の仁兵衛は女郎たちにも評判が良かったんだ。どうせ女郎になるのなら田島屋がいい、なんて女たちが言っておったからな」

酔楽は言った。すると五郎政が、

「今の浪速屋はあくどい商いをしているって噂ですぜ」

言いながらまだ食べていなかった羊羹の一切れに楊枝《ようじ》を刺そうとしたその時、

「五郎政、おまえ……」

酔楽が驚いた顔で五郎政を見た。

「親分、誤解しないで下さいよ。あっしは、ちょいと覗いただけなんですから……」

慌てて否定する五郎政に、

「何、いいんだよ。お前だって男だ。ただし今度女郎屋に行く時には、わしが作った強壮剤を試してくれ」

酔楽は笑って言った。

「五郎政さん、あくどいってどういうこと……」

千鶴は訊かずにはいられない。

「浪速屋に上がった訳じゃねえんで、余所の女郎宿の女たちの話ですからね。本当のことかどうか確かめようもねえんですが、浪速屋の女郎たちは、ろくに飯も喰わしてもらえねえって嘆いていると言ってましたぜ」

「宿主が女将で、おれんていう人らしいじゃないですか」

同じ女同士なのにと、千鶴は思った。

「本当の主は他にいると言ってましたぜ」

五郎政がそう告げると、

「本当の主は、顔を出したくないのだろうな」

酔楽が言った。

「あら、それ、どういうことですか？」

お竹も興味津々だ。

「例えば、大店の主が妾《めかけ》の女に店をやらせているのかもしれぬ。また、神官や坊主などで金を持っている男が主ということもあるだろう。また侍ということも考えられる。旗本、御家人《ごけにん》……侍の場合は、そんなことに手を染めていると分かったら、お家断絶になることだってあるからな、公に顔は出せぬ。いずれにしても怪しげな店だ」

するとそこにお道が往診から帰って来た。

「先生、そこで浦島さまに会いました。先生に伝えてほしいとおっしゃって……二日前に先生が診てあげたおつねさんですが、大番屋《おおばんや》に送られることになったんですって」

千鶴は驚いてお道を見た。

「ですから、腕の治療ですが、大番屋に来ていただきたいと」

「しかし、ずいぶん早い大番屋送りですね……」

番屋から大番屋に送られたということは、番屋で聞き取りした同心与力《よりき》が罪はおつねにあると判断したことになる。

千鶴は黙り込んでしまった。あの時診察したおつねの体は傷だらけだったのだ。

ではおつねを痛めたおれんや見番の男衆はどうなのだと不審に思う。

「千鶴、そのおつねという女だが、浪速屋の女郎ではないのか……もしそうだとすれば、おつねが宿主にたてついたことになり、殴られて仕置きされるのは当然だとして、御奉行所がおれんたちに罪を問うことは無い。おつねの方が主を刺したということで、遠島《えんとう》は免れまい」

酔楽の言葉に、

「いえ、おつねさんは小銭貸しだと聞いています」

千鶴は言った。おつね一人が裁きを受けるのは理不尽ではないかと憤りを感じている。

——しかし、どんな事情があったのか……。

千鶴は、痛みに耐えて声を上げていたおつねの顔を思い出していた。

三

翌日千鶴はお道を連れて、往診の帰りに本材木町《ほんざいもくちょう》の大番屋に立ち寄った。

「私は小伝馬町の女牢の医師です。おつねさんに会わせていただけませんか」

大番屋の小者《こもの》に告げ、一朱金《いっしゅきん》一枚を握らせた。

「こりゃあどうも」

小者は嬉しそうに頭を下げると、

「牢医の先生なら丁度いいや。いやね、ずいぶん具合が悪そうなので、ここに連れて来た浦島さまにお知らせしようと思っていたところなんでさ」

こちらですと小者は物置部屋の小部屋に案内してくれた。

「これは……」

千鶴は驚いた。

板の間で海老《えび》のようになって転がっているおつねの顔は、紫色に腫れ上がっていた。

千鶴が手当てをしてから四日目で、打撲の跡は鮮明に体のあちらこちらに現れたようである。

「胃《い》の腑《ふ》も痛いと言って何も食べてないんでさ」

小者は言った。

「おつねさん、今診てあげますからね」

千鶴とお道が、両脇から抱き上げると、

「先生、すみませんねえ」

おつねは、荒い息を吐きながら千鶴の顔を見上げた。その両目の周囲も紫色だ。

「なんて酷いことを……」

お道も言葉を詰まらせる。

仰向けにして胸を広げてみると、こちらにも幾つもの痣《あざ》があった。痛むという胃の腑を診てから、持参した薬箱から薬包紙を取りだすと、お道がすぐに小者に言いつけた。

「お水を下さい」

小者は急いで椀《わん》に水を入れて運んで来た。

お道が薬を渡すと、おつねは薬を口に入れ、椀の水を喉を鳴らして飲んだ。そして千鶴に顔を向けると、

「先生、あたしの体、大丈夫なんですかね……このまま死ぬってことはないでしょうね」

不安な声を上げた。

「胃の痛みは打撲のせいだと思いますが、油断はなりません。こちらの番屋には良く言っておきますが、薬はきちんと飲んで下さい」

「先生……」

おつねは突然千鶴の腕を強く握ると、

「先生、ご存じでしたら教えて下さい。おれんはどうなりましたか……乱暴なあの男たちはお縄になったんでしょうか？」

険しい顔で訊いてきた。

千鶴は黙って首を横に振った。

「ちくしょう……あたしだけに罪を被せて。先生、あたしは遠島かもしれねえって言われているんですよ。おかしいですよ」

おつねは怒りの目で訴える。

「いったい何があってこのような事になったんですか？」

千鶴が質すと、おつねは、

「浪速屋の女郎たちの嘆きを見ていられなくて……先生、あそこの女たちは、ろくに飯も食べさせてもらえないんですよ。それなのにお客の相手をさせられているって私に言ったんですよ。あたしも昔は田島屋の女郎をしていましたから女たちの苦労は良く分かるんです。ですからあたしが浪速屋に談判してやろうと思ったんです。そしたら話の途中で男衆が出て来て、殴る蹴るの暴行を受けたんです。殺されるかと思いました。それで咄嗟にかんざしでおれんの肩を刺したんです。お役人はどんな風にあいつらから話を聞いているか知りませんが、先に暴力をふるったのは向こうなんだから」

興奮して訴えていたが、急に力を落として、

「いくらここで言ったって、あたしはもうおしまいかもしれないね」

弱音を吐いて首を垂れる。

「おつねさん、諦めてはいけませんよ。まだ調べはこれからですよ」

慰めの言葉を掛ける千鶴に、

「いいや、もう決まってるに違いないんです。私が刺したのには理由があるって言ったのに、刺して傷つけたことだけを取り上げてここに連れてこられたんです。先生、おかしいでしょう……あたしが一方的に悪かったとされなければ、こんなに早く大番屋に送られることはないんですから」

「おつねさん……」

「もう覚悟はしていますよ。私は五年前に女郎暮らしから足を洗いました。でもずっと一人暮らし。そんな私ですから遠島になったってかまやしませんけど、ただひとつ心残りがあるんです」

おつねは千鶴を見詰めて、

「先生、私の願いを聞いていただけないでしょうか？」

必死の顔で片手頼みをする。

「なんでしょう。私に出来ることでしたら……」

何を頼まれるのかと千鶴はお道と顔を見合わせた。すると、

「伏見屋《ふしみや》という呉服問屋が京橋《きょうばし》にあるのですが、そこで暮らす七之助《しちのすけ》という今年十九歳になる者が、元気で暮らしているかどうか、確かめていただけないでしょうか」

「京橋の伏見屋さん……そういえば耳にしたことがあります。先々代は京から下ってきた方だと……」

お道が言った。

翌日千鶴はお道と京橋の伏見屋に向かった。

「少しお尋ねしたいことがあるのですが、こちらに七之助さんという方はいらっしゃるでしょうか」

お道が表に出て来た手代に尋ねると、

「七之助さん……」

手代は困った顔をして、

「ちょっとお待ちください」

店の中に駆け込んだと思ったら、すぐに戻って来て、

「こちらへ」

店の中に案内してくれた。

すると帳場に座っていた番頭が難しい顔をして出て来て、

「そちらさまはどなたさまでしょうか、拝見するにお医者さまとお見受けいたしますが……」

怪訝な顔をした。

千鶴が桂治療院の千鶴だと名を名乗ると、

「はて、それで、どういう事情があって七之助さんのことを知りたいとおっしゃるので……」

疑心の目で見る。

「実は私の患者さんが、以前にこちらで着物をあつらえたことがあったようなのです。その時に、七之助さんという方によくしていただいた、今もお元気だろうかと、近くを通った時には尋ねていただけないかとおっしゃるものですからね」

「これは不思議な事をおっしゃる」

番頭は少しほっとした顔になって、

「七之助という人はお客さまのお相手をしたことはございません。それに、七之助という名の者は、もうこの店にはおりませんので」

笑って応えると、

「お帰りだよ」

先ほどの手代に声を掛けた。

千鶴とお道は、体《てい》よく追い出されることになったのだ。

二人が手代に送られて店の外に出ようとしたその時、

「ぼっちゃま、仙太郎《せんたろう》さま……急いではいけませんよ」

女中が五歳くらいの男の子を追っかけて外から帰って来た。

男の子が店の土間に入ってくると、近くに居た手代や小僧が一斉に、

「おかえりなさいませ」

仙太郎という男の子に挨拶をした。どうやらこの店の跡取りらしい。

千鶴とお道は、そんな店の様子を横目に伏見屋を後にした。そして店の角を曲がろうとしたその時だった。

下駄を鳴らして中年の女が追っかけて来た。

「お待ちください」

千鶴たちは立ち止まって女を待った。

女は木綿《もめん》の着物に襷掛《たすきが》け、前垂れをしている。

「私、伏見屋に通いでお台所を手伝っているおみよといいます。あの、七之助さんを訪ねてこられたんですよね」

名を名乗って千鶴たちの用向きを尋ねた。

「ご存じですか、七之助さんを……」

千鶴は聞き返した。

番頭は歯切れの悪い言葉で、七之助なる者などもう伏見屋にはいないと言ったばかりだ。

どこか不自然だなと千鶴は思っていたが、やはり七之助なる人物は、伏見屋と何かあったようだ。

「七之助さんは、伏見屋の跡取りでしたが、三年前に家を出されました」

おみよは言った。少し怒りの表情が見える。

「跡取りを家から出すって、何かあったのですか？」

千鶴は訊かずにはいられない。

「仙太郎ぼっちゃまが生まれて、七之助さんは伏見屋には邪魔になったのだと私は思います」

おみよは強い口調で言った。

「他言《たごん》はいたしません。少し事情をお話しくださいませんでしょうか」

「長居はできません。手短にお話しします」

おみよがそう言って話してくれたのは、七之助は伏見屋夫婦の実の倅ではないということだった。

今から十九年前に伏見屋の軒下に捨てられていた捨て子だったのだ。

当時伏見屋夫婦は子が出来なくて悩んでいた。

神社に願掛けをし、陰陽師《おんみょうじ》なる者にも見て貰ったりしていたが、いっこうに御利益《ごりやく》もなく嘆いていたところに、軒下に捨てられていた赤子を見た。

夫婦は、これぞ天からの授かり物だと思い、養子にして育てていた。それが七之助だ。

ところが五年前に仙太郎が生まれた。夫婦は悩んだ末に、七之助を外に出したのだ。

後々《のちのち》跡目相続で揉めるのを心配してのことだったが、近頃では七之助などという者はいなかったかのように番頭以下口を噤むのを、おみよは納得いかないのだと言った。

「私にも七之助さんと同じような年頃の子供がいます。ですから、店を出された七之助さんが気の毒で……でも誰にもこんな話はできなくて……」

おみよは、七之助が店の前に捨てられていた頃からの通い女中だったのだ。

「ではどこに出されたんですか？」

お道が尋ねる。

「山口《やまぐち》なんとかという紀州家《きしゆうけ》に出入りしている本石町《ほんごくちよう》のお医者さまの所に入門したようだと奉公人たちから聞いています。でも、七之助さんが店を出てからもう三年、その間に一度もお店に帰ってきてはいませんから、お元気かどうかは分かりません。七之助さんにしてみれば、追い出された家に顔を出しにくいのかもしれません。そりゃそうですよ。あたしだって追い出されたらそうなりますよ。旦那さまもおかみさまも、七之助さんがお医者になってくれれば、店とは関係なくなる。財産もくれてやる必要が無い。これ幸いと、そのように考えていらっしゃるのだと思います……あたしの知っていることはこれぐらいですが……」

おみよは話し終えると、

「では……」

急いで店に戻って行った。

「先生、なんだか気の毒な話でしたね」

お道は、店に足早に戻るおみよの背を見ながら言った。

四

人に何かを頼まれれば、放ってはおけない千鶴である。

その日のうちに、千鶴は取引のある本町の薬種問屋『近江屋』に向かった。

本石町と本町は隣り合わせの町だ。近江屋の手代幸吉に聞けば、近隣の医者のことは何か分かるかもしれないと思ったのだ。

幸吉は桂治療院の担当だし、千鶴の父が遺してくれた薬園の世話も商売抜きでしてくれている有り難い存在だ。

「これは千鶴先生、お久しぶりでございます」

近江屋の店に入ると、主の徳兵衛《とくべえ》が帳場から出て来た。

「幸吉さんはいらっしゃいますか？」

尋ねると、幸吉は得意先に出ているとのこと。

「薬のことなら私が伺いますが……」

徳兵衛は千鶴の意を伺う。

「いえ、お薬のことではないのです。本石町に紀州家に出入りしている山口某という医師がいると聞きました。ご存じなら教えていただきたいと思いまして」

千鶴は用向きを伝えた。

「ああ、その先生でしたら私も知っております」

徳兵衛は笑みを見せると、部屋に上がるよう勧めてくれたが、千鶴はこちらで結構ですと上がり框に腰を据えた。

「これ、千鶴先生にお茶をお出しして」

徳兵衛は気を遣って、薬草を選別していた手代に言いつけると、

「山口泰安《たいあん》という変わった先生ですよ。千鶴先生だから申し上げるのですが、うちも少々取引がございます。ところがあのお方はお金に頓着《とんちゃく》しない性格なのか、支払いが滞っておりまして、薬種問屋泣かせのお方でございます」

困惑顔で言った。

「その、変わった方とおっしゃいますと……」

千鶴は尋ねた。同じ医師仲間として気に掛かる。

「あのお方は出自《しゅつじ》は伊勢松坂《いせまつざか》らしいのですが、滅法《めっぽう》人の良い方で、治療を施しても薬礼も貰わずに立ち去るといったお医者なのでございますよ」

「薬礼も貰わない……」

千鶴は苦笑した。自分も時に困っている人からは貰わない事があって、治療院の台所を任されているお竹からは、時々苦情を言われている。

「そういう先生ですから、薬種問屋に払えなくなるんですよ」

千鶴が頷くと、

「こんなこともありましたよ……」

徳兵衛の話によると、五年前のことだ。

山口泰安は、大伝馬町《おおでんまちょう》の紙問屋『日野屋《ひのや》』に紙を求めて店に入ったが、日野屋には十五人もの手代が昨日から腹痛を訴えて寝込んでいる。中には血まで吐いた者がいる。医者を呼んで流行病と分かれば届け出なければならない。そうなると、御奉行所の指図で隔離されるかもしれない。商売どころではなくなるのだ。

だからどうしたものかと悩んでいると聞いた山口泰安は、番頭に請われたこともあって治療することになった。日野屋に泊まり込みで病の原因を探ったのだ。

いろいろ番頭に訊いてみると、どうやら貝を食べたことが原因だと分かり暫時《ざんじ》食当たりの薬を処方した。

果たして手代たちは三日もすると病状は落ち着いてきて、死人は一人も出なかったのだ。

日野屋の主は、これで店の評判を落とすこともなく、商いもその間続けられて大いに店は助かったと大喜びで、薬礼はむろんのこと、泊まり込みで診ていただいた医療の代金を遠慮無く言ってほしいと泰安に伝えたらしい。

ところが泰安は、黙って店を去って行ったのだという。それに気付いた番頭が追っかけていって、店に戻ってくれるよう頼んだが、泰安はお金が欲しくて治療した訳ではない、などと言って、頑《がん》として言う事を聞かなかったという話だ。

近頃では藪医者でもべらぼうな薬礼を要求するようになっているのに、これほど奇特な医師がいるのかと、日野屋の主は出入りしている紀州家にこの話をしたらしい。

「それが縁で、泰安先生は紀州家出入りの医師となったのでございますよ。そういう方ですからね、こちらも、滞っているお金を入れてくださいとは、なかなか言いにくい」

徳兵衛は笑った。

その時、幸吉が風呂敷包みを抱えて帰って来た。

「先生、御用なら伺いましたのに……」

幸吉は言った。

「ありがとう、今日はお薬のことではないのです」

千鶴が泰安の家を捜すために来たのだと話すと、徳兵衛は幸吉に言った。

「幸吉……おまえさん、これから泰安先生のところに、千鶴先生をご案内してさしあげなさい」

幸吉は徳兵衛に持ち帰った風呂敷包みを渡すと、千鶴と近江屋を出た。

泰安の家は、本石町の新道通《しんみちどお》りにある二階家だった。

隣は瀬戸物屋《せともの や》で、初老の親父が店の前に空き樽を置き、それに座って煙草を吸いながら店番をしていた。

幸吉は泰安の家に歩み寄ると、戸を叩いておとないを入れたが返事が無かった。

「留守ですね、出直しますか」

幸吉は振り返って千鶴に言った。すると、

「先生はお出かけですぜ」

瀬戸物屋の親父がやって来て教えてくれた。

「あの、先生のお弟子さんに七之助さんという人がいるのかどうか、ご存じありませんか」

千鶴が瀬戸物屋の主に訊いてみると、

「いますよ。先生のお世話をするのは七之助さんしかいねえんですよ。先生は貧乏神ですからね、弟子はみんなすぐに辞めちまうんです」

親父は笑ったが、ふいに案じ顔になって、

「しかし今日は随分と慌てて出かけて行きやしたね。急患だったのか……いや、何か困ったことがあったのかもしれねえ。険しい顔をしていましたから」

親父は言った。


その頃本所の女郎宿浪速屋の二階では、酔楽と五郎政が女郎たちに囲まれていた。

酔楽は女将のおれんに、たっぷりと心付けを包み、

「この倅はいまだ女知らず。今日は、女子《おなご》とはどのようなものか教えてやりたく

て連れて来たんだ。手の空いてる女郎たちの線香代は支払う。よろしく頼むぞ」

と酔楽は嘘八百を並べて座敷に上がったのだ。

そして外から寿司を取り寄せた。千鶴の話から、ここの女郎たちはろくろく食事も与えられていないと聞いていたからだ。

むろん女将の部屋にも、二人前の寿司を運んでいる。

寿司が届くと、女郎たちは歓声を上げて食べ始めた。

酔楽と五郎政は、浪速屋の女郎八人が餓鬼のようになって寿司を貪《むさぼ》るのを唖然として眺めていた。

酔楽は、どこかの楽隠居のように袖なし羽織《はおり》に頭巾《ずきん》を被っていて、一見して好々爺《こうこうや》だ。

一方の五郎政はというと、同布の着物と羽織姿で正座して恥ずかしそうに俯《うつむ》いている。うぶな良家の倅を装ってはいるが、どう見てもそのようには見えない。

「で、ご隠居さま、ご子息の五郎《ごろう》さまは、ずっと下を向いたままですけど、恥ずかしがり屋なんですね」

唇の横にほくろのある若い女郎が、ちらりと笑みを五郎政に投げて訊いた。ここでは五郎政は五郎という名になっているのだ。

「五郎は箱入りの倅だ。まっ、顔はちょっと見いかついが、根は優しい倅でのう。なんとか女はどういうものかを教えてやりたい、だからこうしてやって来たのだ。五郎や、どうじゃ？」

酔楽はことさらに大きな声で言う。おれんの盗み聞きを見越してのことだ。

すると五郎政は、恥ずかしそうに頷いて見せる。五郎政の演技もなかなかのものだ。

「はっはっ、そうかそうか、女のいい匂いをかぐだけでも勉強になる、そうだな、五郎……嬉しくて言葉にならんのだな」

酔楽は楽しそうに笑った。

いやいや五郎政に話をさせれば、すぐに素性《すじょう》がバレるのは必定《ひつじょう》、ずっと黙って座っておれと酔楽は命じていたのだ。

すると、年増の女が五郎政の膝に手を置き、俯いている顔を覗き込んで、

「でもね、せっかくここにやって来たのに座って俯いていたんじゃあつまらないでしょうよ。お相手しましょうか？」

にっと笑った。

五郎政は、びくっとした。年増とはいえ女に触られたのは久しぶりだ。だが、

五郎政は恥ずかしそうに顔を背《そむ》ける。どっと汗が噴き出てくるのが分かった。

「あら、怖がっている。汗かいちゃって、うぶだねえ……」

年増の女の言葉で、女たちは笑い声を立てた。

「すまんすまん、倅の勉強はこれで十分だ。はっはっはっ」

ことさらに大声で酔楽は笑うと、五郎政に目で合図した。

五郎政は頷くと、部屋の外に出て廊下に座った。誰かに盗み聞きされないように見張るためだ。

誰かというのはむろんおれんのことだが、これも打ち合わせ通りの行動だ。

「あら、どうしたんです?」

年増の女も他の女たちも怪訝な顔で酔楽を見た。

「いや、すまん。驚かせてしまったかな。実はお前さんたちに訊きたいことがあってやって来たのだ」

酔楽は真顔になると、小さな声で女たちの顔を見渡した。

そして、先日おつねという女が騒動を起こしたらしいが、そのおつねは、おまえさんたちに代わって宿主のおれんに話を付けようとしたのは事実なのか。

また、この宿の真の経営者は誰なのか。それを聞きたくてやって来たのだと問い質した。

するとと女たちも真顔になって声を潜め、

「おつねさんの言っていることは本当のことです。私たちは愚痴を言うところがありません。女将さんに言おうものなら折檻《せっかん》されます。ただの折檻ではありません。見番の男衆を使って殴る蹴るの酷い仕打ちをするんです。でも、おつねさんは、ここの女郎じゃない。前の田島屋時代の人なんだけど、今は堅気《かたぎ》の人間です。しかも金貸しをして立派に生きている人です。そういう人なら危害を加えることは出来ない筈だからって、おつねさんが食事の改善やら、心付けのことなど談判してくれたんです。ところが女将さんは、ここの女郎でもないあの人に、男衆に命じて殴る蹴るの暴行を加えました。びっくりしました」

年増の女がそう言うと、若い女も、

「私はこの二階から見ていました。おつねさん、殺されるんじゃないかと思っていました。みんな、おつねさんには申し訳なく思っています」

女郎たちは泣き出した。

酔楽も五郎政も、しばらく黙って見守った。やがて、これまで黙って皆の話に聞き耳を立てていた女が、

「今日は生まれて初めて、たらふく寿司をいただきました。普段は稼ぎが無ければ食事も十分に与えてもらえません。実は半年前に空腹を訴えて女将さんに食ってかかったぼたんという女郎がいたんですけど、あの男衆に連打されて殺されました」

「何……」

酔楽の顔が俄然《がぜん》険しくなった。

「遺体は証拠が残らないように大川に捨てたようです。女将さんは、抱えの女郎を殺しても平気です。お上も見て見ぬ振りですからね。私たちは誰からも救われることのない者たちなんです」

女はそう言って涙を拭った。

「ここの本当の宿主は別にいると訊いているが、おまえたちは知らないのか？」

酔楽はみんなの顔を見詰めた。

女たちは互いに顔を見合わせて躊躇《ちゅうちょ》しているようだったが、まもなく年増の女が言った。

「この宿の本当の主は、お侍さんですよ」

「何……名は？」

「はっきりとは分かりませんが、五日に一度ほど売り上げを受け取りにやってきます。背の高い侍で、女将さんは『左門《さもん》さま』と呼んでいます」

「お旗本だと聞いたことがありますけど……」

今度は若い女が告げた。

「旗本だとな……旗本の左門という男が、この女郎宿の主なのだな。許せん」

酔楽の胸に怒りが広がった。

五

桂治療院の庭で閻魔《えんま》こおろぎが鳴いている。夏も半ばを過ぎると毎年羽を擦《こす》り合わせて夜のひとときを鳴き通す。

悲しげな声にも聞こえるが、じっと聞いていると心が安まるから不思議だ。

だが今夜のこおろぎの声は、ふつふつと空しさを胸に広げていく。

治療院の居間には、千鶴とお道、酔楽と五郎政が輪になって座っているが、思い通りに進まぬ調べに皆業《ごう》を煮やしているのだった。

千鶴は今日、おつねのたっての願いを叶えるために、近江屋の幸吉と山口泰安の家を訪ねている。

七之助が元気でいる事は分かったが、瀬戸物屋の親父が言った言葉が気になっていて、もう一度泰安医師を訪ねてから、おつねに伝えてやるつもりだ。

千鶴の頭の中では、なによりおつねの身体が心配だ。

大番屋から小伝馬町に送られることのないようにと願っていて、泰安の家に行った帰りに、千鶴は南町奉行所に足を運んでいる。

浦島に聞けば事情も少しは分かるのではないか……そう考えたのだが、浦島は不在だったのだ。

何もかも当てが外れて、千鶴はもやもやしたまま帰宅した。

するとまもなく、酔楽と五郎政がやって来た。

二人は女郎屋の浪速屋に行ってきたのだと言い、その一部始終を酔楽から聞いた千鶴は愕然《がくぜん》とした。

浪速屋の真の主は侍らしいと聞いたからだ。しかも旗本だというではないか。

「そういう背景があるのでしたら、おつねさん一人が罪を負わされ、あっという間に大番屋送りになったのも頷けますね」

千鶴は酔楽に問う。酔楽も頷いて、

「もう少し詳しく調べてみないことには決めつけることは出来ないが、あり得ないことではない。近頃結構な家禄《かろく》の旗本が、おおっぴらに中間《ちゅうげん》部屋を賭場にして、所場代として上がりの何割かをかすめ取っているという話も聞いている。つい最近も、屋敷の中間部屋を賭場にしていたことがお上に知れ、用人《ようにん》が切腹する騒ぎもあった。本所で女郎宿をやっていても驚かんよ」

酔楽は言ってため息をつく。

「浪速屋の皆さんは、真の宿主は侍で、名は左門という人だと言ったのですね」

千鶴は念を押したのち、

「おじさま、五郎政さんにひとつお願いしてもよろしいでしょうか。手伝っていただきたいことがあるのです」

五郎政をちらと見て言った。すると、酔楽が返事をするより早く、

「分かっていやす。その左門とかいう男が浪速屋にやって来るのを待って、住まいその他を突き止めろということですね」

五郎政はやる気満々の顔で言った。

「でも、その格好じゃあね。良家の若旦那のつもりでしょうが、そうは見えないもの」

お道が笑う。

「そうかな、馬子《まご》にも衣装ってことわざがありやすからね。あっしは親分からこの着物を着せてもらって、まんざらでもねえって喜んでいるんだぜ。生まれて初めてだよ、こんな着物を身に付けたのは」

五郎政は両袖を広げてみせた。

「よし、分かった。五郎政、おまえはしばらく千鶴を手助けしてやってくれ。根岸の患者はなんとかなる。ただ、食事を作るのが面倒くさいな」

酔楽も歳を重ねて以前の元気は無い。

「親分、食事はちゃんとあっしが作ってから出かけますから……近頃妙に弱気なんだよな親分は」

首を傾げて笑った五郎政に、

「何を言っとるか。お前こそ、わしが拾ってやらなければ今頃お縄になっているかもしれんのだぞ」

酔楽は即座に返す。二人の万歳《まんざい》のような掛け合いは何時もの事だ。

「皆さん、よろしいでしょうか？」

そこにお竹がギヤマンの小皿に盛った物を運んできた。

「おっ、なんだなんだ」

子供のように喜んでお竹を見た酔楽の前に、

「どうぞ、冷やした白玉に黒砂糖の蜜《みつ》ときなこを掛けてみました。先生は喉に詰まらせないように気を付けて下さいね」

涼しげな菓子を置いた。

「お竹ひとことと多いぞ。わしはそれほどの年寄りではないぞ」

と不満を返すも、その顔は嬉しそうで、

「しかし、それにしても美味《うま》そうだ」

早速口に運ぶ酔楽だ。

千鶴たちもギヤマンの小皿を手に取った。

この小皿は、さる大商人の治療をした時に貰った南蛮渡《なんばんわた》りの貴重なもので、薄い虹色の帯模様がすっと小皿に掛かっている。

美しいその小皿の上に、蜜ときなこの掛かった白玉が載っていて、黒文字楊枝《くろもじようじ》が添えてある。

酔楽だけでなく千鶴たちも、思いがけない菓子を目の前にして、しばし深刻な話から解き放たれて白玉を味わった。

あっという間に平らげたのは、やはり五郎政で、

「お代わりはありやせんよね」

ギヤマンの皿と楊枝を下に置いたその時だった。玄関に人の入って来た音がした。

「見て参ります」

お道が立ち上がって玄関に出て行くが、すぐに男を連れて戻って来た。

「先生、大番屋の方です」

お道が説明するまでもなく、千鶴が大番屋で一朱金を握らせて、おつねに何かあった時には知らせてほしいと頼んでいた小者だった。

千鶴の顔に緊張が走る。何もなければやってくる筈のない人間だからだ。

小者は膝を揃えて座ると、

「先生、ご報告に参りやした。おつねさんの小伝馬町送りが決まりやして」

「何故です」

千鶴は立っていって、小者の前に座った。

「まだ十分に探索できていない筈ではありませんか。いったい小伝馬町送りだと決めた与力のお名前はどなたですか？」

あまりの手際のよさに、千鶴は不正を感ぜずにはいられない。

「はい、南町奉行所与力、中沢助三郎《なかざわすけさぶろう》さまでございます」

「おつねさんにお縄を打った浦島さまは、なんとおっしゃっているんですか？」

続けて尋ねる。

「あのお方は、このところ別件で大番屋には来ていません」

「なんと……」

それではあまりに無責任ではないかと、千鶴の憤りは亀之助にも向いた。

「ただ……」

小者は話を継いだ。

「おつねさんの状態が状態ですから、すぐに小伝馬町には送れないので、しばらく大番屋で様子を見ることになりました。小伝馬町に送っても、すぐに溜まりに送られるようでは、小伝馬町も厄介だろうということでした」

「つまりなんだな。小伝馬町も厄介払いをした訳だ」

酔楽が怒りの声を発した。

小者は自分に言われても反論のしようがない。困った顔で、

「それではこれで……」

ぺこりと頭を下げて帰って言った。

つい先ほどまで白玉を口にして、ひととき幸せを噛みしめていた千鶴ほか一同も、思いがけない知らせに言葉も無い。

「おじさま、おつねさんは強く殴打《おうだ》を受けて内臓まで痛めているのだと思います。万が一内臓が出血していたりすれば……」

千鶴は酔楽の顔を見た。

「命が危ないな」

酔楽は言った。

部屋はしんとした空気に包まれた。

俄に庭のこおろぎの鳴き声が、大きくなって耳朶《じだ》を打つ。

悲しげな声だと千鶴は思った。

翌日千鶴は、治療院を圭之助に頼み、お道と大番屋に向かった。

昼を待ってはいられなかった。一刻も早く診てやりたい、それが医師の務めだと思っている。

「先生……」

大番屋に入ると、すぐにあの小者が出て来て、

「おつねさんですが、今朝粥《かゆ》を食べたんですが、すぐにもどしたんでさ」

案じ顔で告げ、千鶴とお道を、おつねが臥せっている部屋に案内してくれた。

薄い敷き物の上に、おつねは海老のようになって寝ていたが、

「おつねさん」

千鶴が呼びかけると、青紫に腫れ上がった瞼《まぶた》を開けて千鶴を見た。

「先生、来て下さったのですね」

おつねは言って、ふっと苦笑した。

「今朝もどしたようですね。身体を診せて下さいね」

千鶴はお道に手伝わせて、頭から順番に念入りにおつねの身体を点検した。

おつねは、千鶴が胃の辺りをさわった時に、うめき声を上げたが、

「下血などはしていないでしょうね」

千鶴が尋ねると、おつねは頷いた。

千鶴は少しほっとして、

「腫れや痛みは、まだしばらく続きます。血を吐いたり、頭痛が我慢できない程酷くなったりした時には、すぐに知らせて下さいね」

千鶴は、おつねのはだけた胸元をなおしてやった。

するとお道が、先ほどの小者を呼んで来て座らせると、

「おつねさん、お薬のこと一緒に聞いて下さいね。こちらは痛み止め、炎症も止めてくれるお薬です。それから軟膏《なんこう》も置いていきます。腫れが酷いところに塗って下さい」

おつねの薬について説明した。

「わかりやした。あっしも気を付けて、おつねさんにちゃんと飲んでもらうよういたしやすよ。いや、あっしの親も、おつねさんと似た年頃で、なんとか元気になってもらいてえと思っていたんでさ」

小者はそう言うと、恥ずかしそうな笑みを見せた。

「すまないねえ、そんなふうに思っていてくれたなんて」

おつねは頭を下げた。そして突然大粒の涙を落として、

「こんなに良くしてもらって……恩に着ます。先生はもうご存じだと思いますが、あたしは貧しい田舎から出て来て田島屋で女郎をしていた女です。人並みの暮らしなど望むこともできない日々を送ってきました。でも幸いなことに田島屋の旦那が女郎稼業から解放してくれまして、金貸しとはいえ、普通の人の暮らし

というものを貧しいながら経験することが出来ました。あとは七之助という人が元気で暮らしていることが分かれば御《おん》の字《じ》、もう思い残すことはありません」

おつねは、しみじみと言った。

「おつねさん、その七之助さんですが、伏見屋にはいませんでしたが、元気で暮らしているのは間違いないようです」

「伏見屋にはいない……」

千鶴の言葉におつねは驚いている。

「はい、医者になるのだと言って、医者の家に弟子入りしているようです。ただ、その家にも行ってみたのですが留守でした。でも、ご近所の方が、元気だと話してくれましたので、間違いないと思いますよ」

千鶴の顔をきっと見詰めて聞いていたおつねは、

「ありがとうございました。ご恩は忘れません」

手を合わせた。

「おつねさん、ひとつお尋ねしてもよろしいでしょうか」

千鶴は、ずっと考えていたことを聞いてみたくなった。

「おつねさんは、七之助という人と、どういう関わりがあるのでしょうか。七之助さんという人は、十九年前に伏見屋の店の前に捨てられていたのだと、伏見屋の古い女中さんから聞きましたが……」

おつねの顔は強ばった。口を閉じて、じっと考えている。

「話せない理由があるのでしたら良いのですよ。私はただ、おつねさんのことが気になって、それでお尋ねしただけですから」

千鶴は微笑んでおつねに言った。

無理《むり》強《じ》いをするつもりは毛頭ない。だが、自分の身がどうなろうと、七之助という人の身を案じるおつねを見ていて気になったのだ。

「じゃあね、望みを捨てないで……いいですね」

千鶴はお道を促して立ち上がった。

「先生……」

おつねが呼び止めた。

「聞いて下さいますか、あたしの話を……」

おつねは、決心した顔で千鶴を見上げた。

千鶴はお道と顔を見合わせると、おつねの前に座った。

「七之助は私が産んだ子です。十九年前に田島屋で産みました」

おつねは震える声で言った。

千鶴は頷いた。そうではないかと微かに考えていたからだ。

おつねの話によれば、今伏見屋の主である忠兵衛《ちゆうべえ》が丈太郎《じようたろう》と名乗っていた若旦那の頃に、何度かおつねの客になった。

忠兵衛は育ちも良く優しい男で、まだ若かったおつねは、忠兵衛に惚《ほ》れてしまったのだ。

ところが忠兵衛はまもなく妻を娶《めと》り、おつねの所に通うことは無くなった。

三年も経った頃だろうか、ひょっこり忠兵衛がやって来た。

「子供が出来なくてね、女房を責めるのも可哀想で……」

忠兵衛はおつねに、そんな胸の内を吐露《とろ》したのだった。

――あたしがこの人の子を産むことが出来たなら……。

おつねは、あるはずもない夢物語に思いを馳せるようになっていった。

忠兵衛は三度やって来たが、ピタリと止んだ。おそらく女房に気を遣ってのことだろうと察した。

だからと言って忠兵衛への想いが小さくなる訳ではない。

そんなある日、妊娠していることがわかった。むろん誰の子か分からない。だ

がおつねは、

——忠兵衛さんの子だ……。

そう信じるがあまり、宿主の仁兵衛にはしばらく黙っていた。

腹が目立って来たところで仁兵衛に相談した。

「昨日今日女郎になった訳でもないだろう、今頃気がつくとは……」

おつねは仁兵衛から厳しく叱られた。

当然だった。妊娠が分かった途端に、子堕ろしの婆さんがやって来るか、あるいは女医者と呼ばれる子堕ろし専門のところにやられるか、いずれにしても堕胎することになるのである。

しかしおつねの場合は、もう堕胎は無理だった。

泣き崩れるおつねに仁兵衛は、渋い顔で言った。

「分かった。産めばいい。その代わり、その腹の子は里子に出す。それだけは承知してもらうよ」

おつねは深く深く頭を下げた。

他の女郎宿の主なら、折檻されて殺されるかもしれない大事件だったのだ。

おつねは出産まで客はとらず裏方の仕事をした。そして出産すると、

「里親になってくれる人がいます。あたしのこの手で渡してきたいのです。我が儘をお許し下さい」

仁兵衛は驚いた様子だったが、女郎おつねの切羽詰まった願いを聞き入れてくれたのだった。ただし、

「里子に出したら、その子のことは忘れるんだ。二度と会ってはいかん。約束できるね」

厳しく言われたが当然のことだと、おつねは手を突いて頭を下げた。

「それが十九年前のことです……あたしは、七之助と名を書いた札を赤子に抱かせて、伏見屋の軒下に置いたのです……馬鹿な親です、お笑いください」

おつねは苦笑して話を閉じた。

「そういうことならおつねさん、おつねさんは生きて七之助さんが医者になるのを見届けなくては……何時どうなってもよいなどという弱気や投げやりな言葉は言わぬこと、良いですね」

千鶴は強くおつねに言いながら、このおつねの一件を放り出して、亀之助はいったい何処で何をしているのかと、内心苛立ちを覚えていた。

六

その亀之助は猫八と、品川の問屋場《といやば》にいた。

問屋場は公用の旅の者のために、人馬《じんば》の継《つ》ぎ立《た》てを行うところだが、この問屋場の中に貫目《かんめ》改 所《あらためじょ》がある。

二人はそこを訪ねたのだが、しばらく待つよう言われて、喧騒《けんそう》の中でふんどし一枚と鉢巻《はちま》きで働く人足たちを眺めている。

ひっきりなしに荷物が到着し、差配の男が人足たちに手際よく命じて、運ばれて来た荷物を下ろし、次の宿場や場所に人馬の継ぎ立てを行っていくのだ。

日本橋から品川に到着した荷物は、継ぎの宿駅川崎《かわさき》に送るよう人馬を手配し、川崎宿から品川に到着した荷物は、ここから直接御府内《ごふない》の宛先に送っている。また他の街道（板橋《いたばし》、千住《せんじゅ》、内藤新宿《ないとうしんじゅく》）へも直接継ぎ送った。

いずれも公用が基本で、幕府が出した朱印状《しゅいんじょう》や証文を携帯している場合は、無償で人馬をここで用意するのである。

例えば公家衆《くげしゅう》、京都への御使《おつかい》、門跡《もんぜき》などの旅、宇治《うじ》のお茶、備後《びんご》の畳表《たたみおもて》など将軍家に必要な品物は、全て無償で人馬を用意した。

大名や武士の旅の場合は、御定賃銭《おさだめちんせん》という格安の賃銭で取り扱うが、これは商人たちが利用する時の賃銭から比べると、変動もあるのだが二割とか三割引きとかの格安で人馬を利用することが出来た。

一方、町民や商人は、通常はこの問屋場を使用せずに宿場の駕籠屋《かごや》や馬子に直接交渉し、次の宿場や、御府内ならその目的地に運んでもらった。こちらは相対《あいたい》賃銭《ちんせん》と呼ばれる扱いであった。

特に問屋場に併設されている貫目改所は、決められた荷物の重さかどうか、また、公用の場合や大名関係の荷物の中身も間違いないものか目を光らせた。

「お待たせしました」

まもなく初老の男が二人の前に現れた。

「私は貫目改所の定詰《じょうづ》めの年寄りで松林与兵衛《まつばやしよへえ》と申します。ここでは賑やかすぎて話も聞き取りにくいですから、こちらへ……」

与兵衛は亀之助たちを、問屋場の奥の部屋に案内した。

そこでは下役《したやく》の者二人と記録係が熱心に帳面をつけていたが、与兵衛は下役の者に、

「すまないがお茶を頼みます」

注文してから、二人に相対して座った。

「貫目改所にご用とは、またどのようなことでございますか？」

ちらと不安を覗かせる。

「いや、ある事件で山口泰安という医者が訴えられておりましてね。その医者は、一年前にこちらで伊勢に送る荷駄の件で詐称《さしょう》事件を起こしたと記録書にあったものですから、当時の様子を教えていただきたいと思いまして参ったのですが……」

亀之助は言った。

するとと与兵衛の顔がすぐさま変わった。

「まったく迷惑なことでございましたよ。あの一件で、この品川宿の名主や世話役など、大変な迷惑をこうむったのですから」

与兵衛はまずは怒りを含んだ声で前置きすると、

「当日は私の他に、名主の西尾金右衛門《にしおきんえもん》さん、臨時で詰めていた町役《ちょうやく》の福田佐五郎《ふくださごろう》さんもその場にいたんですが……」

そこに御府内から、紀州藩の『紀州御用　藩医師山口泰安』の札を突き立てた荷物が運ばれてきたのである。

貫目改所では荷物を下ろし、継ぎをする時には、荷物の重さが正当かどうかを見る。

伝馬荷物は一駄《いちだ》三十二貫目、駄賃荷物は四十貫目を超過していないかどうかを見るのだが、貫目改所の面々は荷物を持った時の感触で超過しているかどうか秤《はかり》にかけなくても分かる。

貫目を改めるのは、超過していれば人馬に多大な負担を掛けてしまうからだ。

ただ、少々のことなら見逃す場合もあるのだが、山口泰安の荷札や絵符を付けた荷物は、一駄四十五貫目はあった。

荷物に付きそう伊勢の『栄屋《さかえや》』の者にそのことを伝え、これから中身を改めると告げたところ、

「触るな！……この荷は紀州家からお墨付きをもらった荷物、ほら、見てみろ、この札が目に入らぬか」

などと逆に脅す始末だ。

通常貫目改所には、当地を支配する大名の家来か、また幕府の領地なら代官所の手代なり下役が詰めているものだ。

品川、板橋、新宿、千住などは幕府の管轄で、本来なら浅草御門《あさくさごもん》近くにある郡代屋敷《ぐんだいやしき》から下級役人が出張《でば》ってきている筈なのだが、近頃では不正は少ないとして詰めていなかった。

荷物を運んできた者もそれを承知で、こちらの言うことを聞かない。

町役人の福田佐五郎も名主の西尾金右衛門も、このまま不正を放置出来ないと思い、相手を制し、人夫に荷物の縄を切らせたのだ。

すると、中から出て来る出て来る、江戸の様々な商品が現れたのだ。

「これは紀州さまとは関係ありますまい。念のために紀州家に問い合わせる」

そう告げて荷物について来た男二人を拘束《こうそく》し、紀州家に問い合わせたところ、案の定そんな荷は知らないと返事が来た。

ただ山口泰安については、確かに紀州家出入りの医者だと言って来た。

そこで今度は山口泰安を呼び、問い詰めたところ、

「私の落ち度でした。確かに商いの荷に私の名札を付けるのを許可してしまいました」

と白状したのだった。

詐称だと知りながら名前を貸したとわかり、山口泰安は通常なら追放か重けれ

ば死罪のところ、紀州家が手を回し、三ヶ月の逼塞《ひっそく》で済んだようだ。

　一方貫目改所の福田佐五郎と西尾金右衛門は、紀州家の札が立っているにもかかわらず、勝手に荷を解いたとして、逼塞と罰金を科せられたのだった。

「悪いのは山口泰安と、泰安の名を利用して江戸の諸色物産を伊勢に運ぼうとした栄屋の者ですよ。紀州藩の木札を立てれば、賃銭の二割は安くなりますからね。商人は大もうけですよ。あの事件があってから、まったくここの御役だとやってられないと、近頃では貫目改所に来たくないと名主はみな言っています」

　与兵衛は当時を思いだして、怒りが湧《わ》いてきたようだった。

「いや、参考になりました」

　亀之助は立ち上がった。

　貫目改所を出ると、猫八が言った。

「旦那、山口という医者は、随分人の良い、情けのある医者だと言う人もおりやすが、裏では何をやっているか分かりやせんね」

「まったく……定町廻りの連中は、ややこしい事件はこっちに振ってくるんだからな……おつねの事も気になるのに。急いで帰るぞ」

　亀之助は苦い顔だ。

「旦那、千鶴先生はきっとあっしたちに、無責任だと腹を立てていやすよ」

猫八も相槌を打った。

「うん、肺の音も良くなっている。痰《たん》も絡《から》んでいないのなら、もうお薬も良いでしょう」

圭之助が五十がらみの女将に告げたその時、お竹が待合《まちあい》の方から顔を出して、

「今日はその方でおしまいです」

千鶴たちに報告した。

お竹のその言葉は、千鶴も圭之助もお道も、緊張が解けてほっとする瞬間だ。

ところが、

「待った、待った」

賑やかにやって来た人がいる。

「はい、お馴染みの浦島さまと猫八さんですね」

お道が笑って迎えた。

「申し訳ない。昨日品川で食べた刺身が良くなかったらしく、昨夜《ゆうべ》から腹がいたくて……」

亀之助がそう言えば、

「あっしもそうなんで……この暑さで魚も足が早いから止めておこうって、あっしは言ったんですが、旦那がせっかく品川にやって来たんだ。魚を食わなくてどうするんだって言うもんですからね」

二人は千鶴の前に座った。

「一人は圭之助先生に診てもらって下さい」

千鶴が言うと、亀之助は猫八に顎《あご》をしゃくって圭之助に診てもらうよう促した。

「それだけ元気なら診る必要もあるまい。お道さん、食あたりの薬を二人に」

圭之助は言った。

「またまた、そんなつれないことを。千鶴先生に脈ぐらいとってほしいですよ」

ぶんむくれの亀之助に、

「そんなことより浦島さま、おつねさんが小伝馬町送りになったことはご存じですか……今まで何を調べていたんですか」

千鶴は怒っている。

「いやいやそれなんですがね、定町廻りから別件を探索してほしいと言われまして、それで品川まで行っていたんですよ」

亀之助は言った。

「別件ってなんですか」

「そんなに怒らないで下さいよ。定中役の哀しさですよ。定町廻りに言われれば逆らえませんからね。勘弁して下さいよ」

亀之助は泣き言を並べた。

「だから……別件とは何ですかって聞いているんです。おつねさんのことより大事な事件ですかと聞いています」

千鶴は問い詰める。

「分かりました、話しますから……」

亀之助は、大きく深呼吸してから、

「実は深川の『大黒屋《だいこくや》』という薪炭《しんたん》問屋が詐欺《さぎ》にあいまして、詐欺の片棒を担いだのが医者の山口泰安という者だとわかり……」

「ちょ、ちょっと待って下さい。医者の山口泰安というと本石町に住んでいる……」

千鶴は驚き、話を中断させて聞き返す。

「そうです、その泰安です。先生はご存じでしたか」

亀之助も驚いた様子である。

「知っているも何も、山口医師の弟子に七之助さんという人がいるでしょう」

「いますね」

「七之助さんはおつねさんが産んだお子さんなんですよ」

「ええっ！」

亀之助はびっくりしている。猫八も目をぱちくりさせて、

「いったいどうなってるんですかい。おつねさんに子供がいたなんて初めて聞きやした」

千鶴の顔を見る。

「そのことはあとで話します。まずは先ほどの続きを話して下さい」

千鶴は言った。

「薪炭問屋大黒屋のかかりつけ医は泰安です。数年前に大黒屋の内儀の腹痛を治したことからの関係です……」

その泰安から大黒屋は、伊勢の備長炭《びんちょうたん》を安く仕入れるつてがあると持ちかけられたのだ。

備長炭という炭は、姥目樫《うばめがし》の木を炭にした物だが、炭の中では高級品だ。

茶道の世界や高級料理屋で使用されており、茶道の場合は長時間一定の火の強さを保つことから重宝《ちょうほう》されているし、一方料理の世界では、この炭を使って焼けば、例えば鰻《うなぎ》の場合、外はこんがり焼けて、中はうまみを含んだ柔らかな焼き上がりになるという特長がある。

ただ一般の炭より格段に高い値段で、それが少しでも安く手に入ると聞けば欲しい者はいくらでもいる。

泰安は伊勢の出だ。また紀州藩に出入りする医師でもある。

その泰安から伊勢の備長炭を扱っている炭問屋『松坂屋《まつざかや》』の炭だと聞いた大黒屋は、泰安の話を信用して、手付金三百両を託《たく》したのだ。

ところが、三ヶ月経っても伊勢の松坂屋から返事もこないし、むろん炭も届かない。

そこで泰安に尋ねてみると、既に先方に手付けは渡っている筈だと弁明した。

大黒屋の番頭はこれに不審を抱いて、手代を伊勢にやったのだ。

ところが松坂屋は、そんな話は聞いたこともないし、当然のことながら三百両の金など受け取ってはいない。受け取っていれば証文を送っている筈だとけんもほろの扱いだったのだ。

　大黒屋は、まさか泰安が自分たちを欺したとは信じられず、またそれが事実だとしても、泰安は紀州家に出入りしている医者だ。

　ここは事を荒立てないほうが良いだろうと番頭と手代に言ったのだが、番頭と手代は承知しなかった。

「これは詐欺です。紀州藩に関わりがある人だからと言って、黙っているのはよくありません。私が調べたところでは、泰安先生は、一年前にも紀州お抱え医師の札を立てた荷物を送ろうとして、品川宿でもめ事を起こしていますよ」

　番頭の強い言葉に押されて、大黒屋は南町奉行所に詐欺の疑いあり、調べてほしいと訴えたのだった。

　そこでまず亀之助は品川に出向き、貫目改所でもめ事があったのは事実かどうか調べてきたのだと千鶴に話した。

　泰安についての意外な話に、千鶴は混乱した。

「泰安という医師は、私が聞いた話では、お金を貪るような人ではありませんでした。治療しても薬礼を貰わないこともあったと聞いています。俄には信じられません」

「確かにそういう面もあったようですが、私が今話したことは事実です。これまでにも一度奉行所に呼び出して、与力が話を聞いています。ただし、紀州家に出入りしているということが、調べに支障をきたしています。定町廻りが嫌がるのもそこのところです。私だってやりたくない調べですよ」

亀之助は、山口泰安について探索することに乗り気ではなさそうだった。

「誰かに利用されているということは……」

圭之助が訊く。亀之助は頷いて、

「私もそれを考えていますが、黒幕の影ひとつ見えてこないのです」

それで困惑しているのだと亀之助は言った。

「そんな人の弟子だなんて、七之助さんはどうなるのかしら。泰安医師が詐欺罪で遠島とか死罪になったら、七之助さんも罪を問われたりしないのかしら」

お道は案じ顔で言った。

七

翌日千鶴とお道は往診した帰りに、再び山口泰安の家に向かった。黙って眺め

ているこ とは出来なかったのだ。

だが、いざ家の前に立つと、面識もないのにどのように話しかけるか迷った。

「おや、先日の……今日も泰安先生はいませんぜ」

隣家の瀬戸物屋の親父が、近づいて来て教えてくれた。

「今日もお出かけですか？」

「それがね、どういう訳か、今朝御奉行所の者がやって来て連れて行ったんですが、まだ帰って来ていませんね」

千鶴は驚いて親父の顔を見た。

「まさか縄を掛けられて……」

「いえ、縄は掛けられてはいませんでした。深刻な顔で役人について行きました」

患者と何かあったのかもしれないと親父は言ったが、千鶴の藍染袴の姿と、お道が持っている薬箱に気付いて、

「医者の先生でしたか……泰安先生のお知り合いで？」

探る目で笑みを見せた。

「いえ」

千鶴は否定した。親父には言えないが、泰安は備長炭の件で呼び出されたのではないかと思った。

「それで、七之助さんも一緒に出かけたんでしょうか？」

更に親父に尋ねてみると、

「七之助さんはいる筈だ」

親父はそう言うと、いきなり玄関の戸を叩いて、家の中に向かって大声で呼んだ。

「七之助さん、お客さんだよ！」

そして、にっと笑みを見せると、自分の店に戻って行った。

するとまもなく、七之助が出て来た。

「診察は出来ません」

患者と間違えてかそう言ったが、千鶴たちの姿を見て、

「もしや、藍染橋の桂先生ですか？」

驚いた目で問いかけてきた。千鶴が頷くと、

「師の泰安先生から桂先生のことは伺ったことがあります。シーボルト先生に師事した方で、白そこひ（白内障《はくないしょう》）をはじめさまざまな手術をなさるのだと……」

七之助は千鶴を眩《まぶ》しそうな目で見たが、次の瞬間、はっとなって、

「泰安先生に御用ですか？」

怪訝な顔になった。

「同じ医師としてお尋ねしたいことがございまして……さる方が泰安先生のことを案じていらっしゃるのです。それで私が代わりに伺いました」

七之助のことを案じている者がいると最初から伝えようと思ったのだが、おつねの名を出す訳にもいかず、泰安を案じてやって来たと告げた。

「あいにく先生は出かけております」

七之助は言った。

「ではあなたに伺いたいのですが……」

千鶴は言った。

ここにやって来た最初の目的は、七之助が元気かどうかを知るためだったが、昨日亀之助から泰安の話を聞いた以上、詐欺の話の真相を聞かなければ、今後の七之助の暮らしに関わると思ったのだ。

ただ直裁《ちょくさい》に七之助に今後どうするのかなどと聞けば、なぜ見知らぬ者からそんな心配をされるのかと不審に思われる。そこで、

「町奉行所のさるお役人から、泰安先生はさる詐取に関わったとして今取り調べを受けていると伺いました。深川の大黒屋さんの一件です。泰安先生は本当に大黒屋さんを欺すようなことをなさったのでしょうか」

泰安にまつわる事件の話を切り出してみた。

七之助の顔が急に曇った。

「先生は人を欺すような方ではありません」

七之助はきっぱりと言った。千鶴は頷いて、

「私もそう信じたいのです。泰安先生が薬礼も受け取らずに熱心に治療をなさって助かった方がたくさんいるという話を伺っています。だからこそ、同じ医者として私も案じているのです。本当に詐取に関わっていないのなら良いのですが、奉行所が動いているのは事実ですから……」

七之助は困惑の目を泳がせる。千鶴は更に問い質す。

「泰安先生は一年前に、品川宿の貫目改所で詮議《せんぎ》を受けて大変な目に遭っていますよね」

「あの時は……」

七之助は思わず声を上げ、

「あの時は、泰安先生はしぶしぶ紀州家出入りの医者の名を使うことを許可したのです。先生は紀州出身の方です。同郷の方に頼まれると断りきれなくなるのです。あの時だって、何度も断ったのに相手は承知せず、先生に助けていただかないと商いが成り立たないなどと泣き言を言われて……」

「やはりあなたも知っていたんですね。では今度の一件も誰かに頼まれてのことですか？」

遠回しに訊いていく。

「今度のことは私はよくは存じませんが、先生はきっと誰かに頼まれて手を貸したのだと思います」

七之助は本当に知らないようだ。

千鶴は千之助が関わっていない事を知り、ほっとした。

「桂先生、私は泰安先生を信じています。泰安先生は私にとっては親にもまさる方なんです。桂先生は私のことはご存じないと思いますが、私は生まれて直ぐに伏見屋の軒下に捨てられていた者です。頼るべき血のつながった者はひとりもいません。浮き草のような存在でした。ですから私は、私を捨てた母親をずっと恨んでいたんです。でも、泰安先生に弟子入りして、ようやく根を下ろす場所を見付けたんです」

七之助は苦笑してみせた。

「おっしゃることは分かりました。泰安先生に何事もない事を祈ります。また、何か困ったことがあった時には相談して下さいね。ただひとつ、申しておきたい事があります。七之助さんが母親を恨む気持ちは分からないわけではありませんが、自分が産んだ子を捨てたい母親がどこにいるでしょうか……深い事情があってのことだと思いますよ」

千鶴はそう言って立ち上がった。


「いいからいいから遠慮しないで……」

五郎政は刻み煙草の『朝霧《あさぎり》』と『富士《ふじ》』の二つを、男衆の前に置いた。

「これが朝霧で、こっちが富士か……いやあ初めてだよ、なあ」

と嬉しそうに言ったのは、多岐蔵《たきぞう》という男で、

「いいのかい、こんな高そうな煙草をもらって」

と五郎政に伺いを立てたのは秀吉《ひできち》という男である。共に松井町の見番で女郎の脱走などに目を光らせている男たちだ。

「いいんだよ、あっしはこう見えても根岸で隠居した医者の世話をしているんだ。ところが、その爺さまはぼけているからよ、あっしがどれほど金を使っても分からないんだな、これが……」

作り話の自慢を披露《ひろう》すると、

「ほんとかよ」

二人はゲラゲラ笑った。

「ただ、ぼけていても女は欲しいんだよな……それで楽しく遊べる女郎宿を探してくれなんていうもんだから、あっしがこうして兄さん方にお伺いをたててるって訳なんだ」

「へえ、そんなもんかね。しかし爺さんも大したもんじゃねえか」

秀吉は言って、

「俺なんか、名は秀吉っていうんだが、親父は秀吉《ひでよし》公のように出世して欲しいなんて考えて、こんな名を付けてくれたんだが、いまだにこんな所でうだつがあがらねえ。そんな俺がおめえさんが言うぼけた爺さまの歳になったら、どんな暮らしをしているか……きっと女どころじゃねえ気がするんだ。今のうちに金を貯めて、老後は安気に暮らしたいもんだ」

なんだか深刻な話になってしまった。

「なあに、まだ若いんだから、お互いにな。目先鼻先をきかしてりゃあ金も貯まるさ……そうだ、忘れていた」

五郎政は、ふところから富札《とみふだ》を出して、

「これこれ、回向院で行う富くじの札だ。一枚が一分もしたんだが、大当たりは五百両、次が二百両と当たれば大もうけだ。兄さんたちにも一枚ずつ……」

と言って富札を渡したもんだから、二人は大喜びで、もう大金を掴んだ気分だ。

五郎政はその様子を見て、

「それはそうと、以前そこの浪速屋に爺さまを連れて上がったことがあったんだが、あのおれんとかいう女将は雇われで、宿主は左門とかいう侍だと聞いているが、本当の話かい？」

二人の顔を見た。

「そうだ、左門さまだ。あの方に命令されてるから、おれんさんも抱えている女郎に厳しくしなくちゃ店が成り立たねえって聞いてるぜ」

多岐蔵が言うと、

「おれんさんは左門さまの女だから、左門さまの言う事をきかなきゃ、すぐにお払い箱ってことになるんだから」

今度は秀吉が言う。

「なるほどな。近頃じゃあ、旗本が屋敷内で賭場を開いたり、長屋を使って女郎宿のようなことまでしているらしいから、堂々と女郎宿をやっていても驚かねえが」

五郎政は納得したような口ぶりで話したのち、

「ところで、左門さまは、名字はなんだったたっけ？」

考えるような口調だが、その目は二人に問いかけている。

「木島《きじま》左門という人だ。出自は紀州で、木島家に養子に入った人らしい。これはおれんさんから聞いた話だがね」

多岐蔵は言った。

「出自は紀州、名は木島左門さまか。しかし大したお方だ。一度顔を拝みたいものだ」

感心した顔で言った五郎政に、

「今日は来てるぜ。五日に一度、必ず上がりの銭を取りに来て、ついでにおれんさんを抱いてから帰るんだ。結構な身分だよな」

多岐蔵は言ったのち、

「左門の旦那はこちらにも、おれんを守ってくれなくちゃ、あとで痛い目に遭うぞ、などといろいろ注文を付けてくるんだ。だけど蕎麦の一杯もおごってくれたことがないんだから」

つい不満を漏らした。その時だった。

「おい……」

秀吉が浪速屋の方に視線を走らせた。

黒っぽい紗《しゃ》の着物に濃紺と白の市松模様《いちまつもよう》の三寸帯《さんずんおび》を締めた侍が出て来た。粋な姿の侍だ。

「あの方が左門さまだ」

秀吉が言った。

五郎政は左門が街角を曲がるのを見届けてから、

「また来《く》らあ」

見番を出て、急いで左門のあとを追った。

多岐蔵と秀吉に悟られまいとして、すぐには左門のあとを追えなかったが、大《おお》川端《かわばた》に出た時、両国橋に向かって歩いて行く左門の後ろ姿を捉えた。

――逃がさねえぜ。何日も張っていたんだ……。

五郎政は、えいっと尻はしょりして左門のあとを尾けて行く。

左門はゆったりと歩きながら両国橋を渡り、柳原通《やなぎわらどお》りを西に向かった。

この通りは古着屋をはじめ雑多な店が軒を連ね、お客で日の暮れ近くになるまで賑わっている。

しかし左門は、そんなものには目もくれず筋違御門《すじかいごもん》に出た。

丁度七ツ（午後四時）の鐘が鳴り始めた。

――どこまで行くんだよ……。

五郎政は、心の中で呟きながら、ぴたりと左門を捉えて歩く。

やがて左門は、昌平橋《しょうへいばし》から駿河台《するがだい》の武家地に入った。

――やっぱり旗本だったんだ……。

左門は神田川の土手に面した屋敷に入った。

土手側には昌平橋から柳の木が植わっているが、左門の屋敷前の土手には、根っこから太い幹が二つに割れて立ち上がった珍しい桜の木が植わっていた。大人三人が手を広げてようやく幹の周囲を測れる、それ程の古木だ。

五郎政はその幹の背後から、左門の屋敷の門内を覗いてみた。

だがすぐに慌てて身を幹に隠した。門内から人が出て来たのだ。

束髪《そくはつ》の中年の男だった。薄物の着物に紗の羽織姿である。薬箱は持ってないが、医者だと察した。

医者は消沈した様子で歩いて行く。

――誰だ。どういう関係だ……尾けてみるか……。

五郎政が足を踏み出そうとしたその時、門扉《もんぴ》の陰から医者の帰って行く後ろ姿を鋭い目で追う坊主頭の着流しの男が目に止まった。男はその装いからして侍でもなく町人でもなく、ならず者のようである。坊主頭の男は、すぐに門の中に引き返した。

五郎政は急いで医師のあとを追った。

八

「五郎政さん、その顔は、何か摑んできたんでしょ。ご苦労様」

お竹が麦湯を出し、五郎政の意気揚々とした顔に笑みを送った。

「流石はお竹さんだ。ようやく左門の素性を摑んだんでさ。一刻も早く千鶴先生に知らせたくて走って帰ってきたんだから」

五郎政は興奮冷めやらぬ体で、がぶりと麦湯を飲む。

「先生もまもなくお帰りだと思いますよ」

とお竹が言っているところに、千鶴とお道が往診から帰って来た。

「五郎政さん、何か摑んだようですね」

「へい、左門は木島左門という旗本でございやした」

「やはり、旗本でしたか」

「屋敷も突き止めました。それと、木島左門の屋敷から出て来た医者を尾けたところ、先生が前に話していた山口泰安だったんですよ」

「ほんとですか、間違いないのですね」

千鶴は驚いて念を押す。

「先生、あっしを疑うんですか。本石町の家まで見届けているんですぜ。隣は瀬戸物屋で、そこの親父が、この家は医師の泰安先生の家だと教えてくれたんだ。それであっしが、医者なら看板ぐらい掛けていそうなものだがと聞いたところ、一年前までは医師の看板を掛けてあったようなんですが、何があったのか知らねえが、突然看板を外してしまって、だからこの家に客が来るたびに、自分が泰安先生は留守だとかなんだとか教えてやっているんだなんて言っていましたがね」

これでも疑うのかという顔で五郎政は頬を膨らませる。

「疑った訳ではありませんよ。五郎政さんも知っての通り、泰安という医者は、おつね詐欺の疑いで御奉行所が調べているようですし、一方の左門という人は、おつねさんに危害を加えた女郎宿の真の主です。その二人が繋がっていたとは……考えてもみなかった話で驚いているのです」

千鶴は言った。

「確かに……おっしゃる通り、あっしもびっくりしましたよ。尾けて行った医者が泰安だと知って……それでですね」

五郎政は、左門は紀州の産で、木島家に養子に入ったんだという話や、おつねに暴行を加えた見番の男二人は、今はどこに行ったのか分からないのだと千鶴に告げた。

「五郎政さん、木島左門という旗本について、おじさまに調べていただけないかお願いしてみて下さい。昼間そうやって五日ごとに本所に通えるということは、お役のない小普請組《こぶしんぐみ》に在籍しているのではないかと思われます」

「承知しやした」

「もうひとつ、見番の多岐蔵と秀吉という人ですが、おつねさんに暴行を加えた男ではないのですね」

「それですが、おつねさんに暴行を加えたのは、桑蔵という痘痕面の男と、青白い顔をした巳之という男です。二人は御奉行所の手が回ったと知った時から見番からいなくなっていやす。見番を解かれたようです。おれんがどこかに匿っているのかもしれねぇって、あっしが話を聞いた男たちは言っていましたがね。もちろんそう話してくれた二人は、おつねさんとの関わりはないようでした」

五郎政は順を追って伝えると、それじゃあ、と言って膝を起こした。

「ちょっと待って、お夕食のおかずをお重に詰めましたから、酔楽先生と召し上がって下さい」

台所からお竹が慌てて風呂敷包みを持って出て来た。

「有り難い、親分から、もう豆腐《とうふ》は飽きたぞって言われたところでした。助かります」

五郎政は玄関に向かったが、すぐに引き返して、

「そうだ、もうひとつお伝えするのを忘れておりやした。木島左門の屋敷には妙

な男が住み着いているようでして……坊主頭の人相の良くない男です。その男は泰安医師が帰って行く後ろ姿をしばらく睨んでおりやした。侍ではねえ町人の形《なり》でしたが……」

そう告げると帰って行った。

「先生、なんだか単純な話ではなさそうですね」

お道が案じ顔で言った。

——もうじっと調べを待っている訳にはいかない。

千鶴は昼からの往診を、圭之助とお道に頼んで、深川に向かった。おつねの容体が芳《かんば》しくないことも千鶴は気になっていて、じっとしてはいられなくなったのだ。

求馬がいれば、肝心要《かんじんかなめ》のところは押さえて調べてくれるし、千鶴自身も少々身の危険を感じても、どんどん確信を得るために強引な調べも出来た。

ところが求馬はいない。遠い大坂にいる。

今この複雑な事件を目の当たりにしながら、亀之助や五郎政の報告を座って待っていたのだが、それだけでは解決を見るのは何時のことになるか……千鶴はじっとしていられなくなったのだ。

千鶴が向かったのは、深川の薪炭問屋大黒屋だった。

大黒屋は仙台堀端《せんだいぼりばた》の今川町《いまがわちょう》にあった。船で運ばれて来た薪や炭は堀端から店の蔵に搬入される。

千鶴が店の前に立った時には、店の前の荷車には炭の俵と薪の束が積まれ、手代がその数を確認して帳面に付けていた。

千鶴は歩み寄って、番頭に会いたいのだがと、自身の名も告げて頼んだ。

手代は店の中に引き返すと、四十半ばの男を連れて出て来た。

「私が番頭ですが……桂千鶴さまと申しますと」

怪訝な顔で千鶴を見た。

「突然伺いましてすみません。私は藍染橋袂で治療院を開いている者でございます」

千鶴が告げると、番頭はああという顔をして、

「噂で聞いております。うちの得意先の方で、先生に治療していただいて、すっかり良くなったとおっしゃっている方がおりましてね」

番頭は笑みを見せてから、

「で、その先生が私になんの御用でしょうか」

真顔になって訊いてきた。

「面識もない方に突然お話を伺いたいなどと申しますのは失礼なのですが、どうしてもお聞きしたいことがございまして……いえ、他言はいたしません。それはお約束いたします。実は私の知り合いに、料理屋なんですが、山口泰安という医師から伊勢の備長炭が良いと薦められて」

「止めたほうが良いでしょうな」

千鶴が最後まで話すより先に、番頭はそう言った。

「炭が良くないのでしょうか？」

千鶴は何も知らないふりをして尋ねてみた。

「良いも悪いも、うちは欺されました。泰安先生に関わってはなりません」

番頭はきっぱりと言う。

「どういうことでしょうか。教えていただけませんか」

千鶴の頼みに、番頭は少し迷ったように見えたが、

「ではどうぞ」

店の中に案内した。

そして、帳場を手代の一人に頼むと、千鶴を上がり框に腰掛けるよう勧め、

「泰安先生は人の良いところがありますので、本当にこの大黒屋を欺そうとしたのかどうなのか、ただいま御奉行所において詮議していただいております。まだ裁断された訳ではないのですが……」

そう前置きして、

「半年前のことでした。泰安先生が往診に参りました時に、紀州伊勢に知り合いの大きな炭屋がある。全て扱っているのは備長炭。年々炭焼きも増えているらしく販路を増やしたいと言っているようだ。手付金を払って下さる方には一割引で売るらしい。大黒屋さんも一口乗ってはどうですか。そのようにおっしゃったのです」

千鶴は頷く。

「そんな話を聞きましたら、たいがいの炭屋は飛びつきますよ。炭は年々高くなっています。二、三年前から比べると二割方高くなっています。特に備長炭は炭の高級品、安く手に入れば欲しいに決まっています……」

そこで番頭は主と相談して、手付金三百両を山口泰安に渡したのだ。

ところが、いつまでたっても、伊勢の炭問屋から手付金受け取りの証書が届か

ない。

　番頭は泰安の医院を訪ねて問い質すと、

「そんな筈はない。私は手付金は直ぐに仲介してくれた者に渡しています」

　と言うのであった。

　しかし三ヶ月経っても音沙汰《おとさた》がない。それどころか手代を伊勢にやって欺かれたと知り、番頭は御奉行所に訴えたというのであった。

「ところがです。泰安先生は紀州家に出入りしている医者というので、御奉行所も及び腰なんです。調べてくれているのかいないのか、奉行所は思いだしたように泰安先生を奉行所に呼んで事情を聞いているとは伺っていましたが、そんなことで解決するとは思えません。かと言って、紀州家に訴え出る訳にもいかず、旦那さまはとうとう諦めてしまいまして……」

　だが番頭は黙って見過ごすことは出来なかったようだ。

　直接南町奉行所の、泰安を問い質したという与力に押しかけて不満を述べたというのだ。

「すると与力の旦那は、泰安は手付金を仲介者に渡したようだと教えてくれました。その仲介者というのが、炭の仲買人《なかがいにん》で万造《まんぞう》という男だと……」

「万造ですか」

千鶴の問いに番頭は頷いて、

「ところがその万造は旗本屋敷に起居《ききょ》しているというんです。

「旗本屋敷なんて訪ねるのも面倒な所ですよ。訪ねるのはいいが、万が一旗本の機嫌でもそこねれば、こっちの身が危ない。与力もこれ以上踏み込むなと、私に言っているのに等しい話で、結局そこで追及するのは中止になっているんです。こちらも下手なことをして、お店に迷惑がかかってはいけないと思うと……泣き寝入りですわ」

番頭の顔には不満が表れている。

「仲買人の万造ですね」

千鶴は念を押してから、

「で、その万造が暮らしている旗本の屋敷は、どなたの屋敷なんでしょうか？」

「木島左門という方です」

千鶴は驚いて復唱する。

「木島左門……」

「紀州家に出入りの医師と旗本を相手にしては勝ち目はない。泰安先生もそれ以来、うちにはよりつきません。信用していましたのに残念なことです。そういうことですから、関わらない方が身のためです」

番頭はいまいましげに言った。

九

「先生、おかえりなさい。酔楽先生がいらしてますよ」

玄関に入ると、出て来たお竹が言った。

「おじさまが……」

「今患者さんの手当てをしていただいています。植木屋の佐五郎《さごろう》さんが大八《だいはち》で運ばれてきたんですよ。松の木から落っこちたって」

千鶴は急いで診察室に向かった。

「よう、帰ってきたか」

酔楽が五郎政に手伝わせて、佐五郎の足の傷を縫合しているところだった。

「すみません、みんな出払ったところで」

千鶴は急いで白衣を取るが、

「もう終わりだ。丁度わしがここに到着してすぐに、この男が運ばれて来たんだ。圭之助もお道も、おまえさんも出かけたっていうので、わしが手当てをすることにしたのだ」

「佐五郎さん、たいへんでしたね」

千鶴は顔を顰《しか》めている佐五郎に声を掛けた。

「すまねえ、午後は往診にお出かけだって分かってたんだが、他の医者は信用ならねえ。それでここに運んでもらったんだ」

佐五郎は言って苦笑する。

「松の木から落ちたらしいが、足を折らずに、腰に差していた小鉈《こなた》で向こうずねを切ったようだ」

酔楽は縫い終わった糸を切ると、

「よし、これで終わった。動かすと傷口が塞《ふさ》がらん。安静にするんだな。今千鶴先生が薬を出すから忘れずに飲め、よいな」

酔楽は佐五郎に言った。

するとすぐに五郎政が外に走って行った。町駕籠を呼びに行ったのだ。

千鶴は酔楽と五郎政の、あうんの呼吸で処置していく手際のよさに驚いた。

五郎政は、昔は両国界隈でやんちゃをしていた遊び人だ。

それが酔楽に拾われて、弟子のような暮らしをしているうちに、今や立派に酔楽と呼吸を合わせて治療が出来るようになっている。

「先生、お世話になりやした。申し訳ねえが仕事中だったものだから、てえした銭は持ってねえ。治療代は明日にでもおふくろに持たせますので……」

佐五郎は礼を述べ、五郎政とお竹の手を借りて駕籠の人となった。

「ここにやって来たのは他でもない。下妻《しもつま》に頼んで調べてもらったのだが、木島左門について少し分かってきたのでな」

居間に落ち着くと酔楽が言った。

下妻とは先の大目付《おおめつけ》の下妻大和守《やまとのかみ》のことで、酔楽の親友だ。

酔楽は以前、子の出来なかった下妻に、家斉公に処方している精力剤を分けてやったことがある。

その精力剤が功を奏したのかどうか、下妻にはその後男子が生まれている。

千鶴も何度か治療で下妻の屋敷を訪ねているが、あの御仁ならば酔楽の頼みを容易に引き受けてくれたに違いない。

「おじさま、実は私も、木島左門について驚く話を聞いてきたところです……」

千鶴が大黒屋の番頭から聞いた話を手短に伝えると、

「怪しい奴だ。奴は伊勢の下級武士の倅だった男だ。一方木島家はもとは八代将軍吉宗《よしむね》公の時に江戸に出て来て旗本身分になったようだ。禄高《ろくだか》は四百石。ところが跡取りが生まれず、伊勢の下級武士の倅を養子にした、それが左門だ……」

酔楽の話によれば、左門が養子に入ったのは二十年前、十歳の時らしい。

木島夫婦は、左門を甘やかして育てたらしく、我が儘で乱暴な子に育ったようで、一度は妻も娶っているが、一ヶ月ほどで離縁になっているという。

金遣いが荒く、町のならず者とつるんでは悪所通いをする左門に、養夫婦は手を焼いていたらしい。

「ところがその養父夫婦も五年前に亡くなったということだ。今左門を諫《いさ》める者は一人もいないのだ。千鶴が先ほど話してくれた詐欺事件の張本人はおそらく左門に違いない。泰安という医者は利用されたのだろう」

千鶴は頷いた。

「私もそのように考えています。泰安医師も出自は紀州です。そして今も紀州藩に出入りしている医師です。ただ泰安医師が三百両を渡したのは万造という男ですから、その万造を捜し出さなければ……鍵を握っているのは万造ですから……」

「待てよ……」

二人の話を聞いていた五郎政が、

「あっしはこのところ、木島屋敷を張り込んでいるんですが、この前話しましたが坊主頭の怪しげな男がいるんですよ。木島が黒幕なら、その手下として動いているのは、あの坊主かもしれねえ」

千鶴ははっと気付いて五郎政を見た。

確かに大黒屋の番頭は、万造という仲買人は木島家の屋敷内で暮らしていると言っていた。

「あの坊主が万造かどうか、今度屋敷から出かけるようなことがあった時には、捕まえて鎌を掛けてみやすよ。任せて下さい」

五郎政は自信ありげに言い切った。

「それにしても浦島さまはどうしているんでしょうね。何を探索しているのやら。おつねさんの事、ほっぽり出して、泰安医師のことを調べていると言っていたけど、その後なんにも言ってこないもの。役に立たないから、もう探索から手を引け、なんて言われたのかしら……」

お道は薬箱を抱えて歩きながら、千鶴の横顔に話しかけた。

下谷《したや》に暮らす御家人の隠居の容体を診ての帰りである。

今日は少し涼しい風が吹いていて、往診とはいえ外を歩くのも苦にならない。

昌平橋から東に折れると、神田川沿いを東に向かって歩きながら、千鶴も言った。

「定中役はなかなか自分の思い通りにはいかないのかもしれませんね。おつねさんに暴行を加えた桑蔵と巳之という男の顔を見ているのは浦島さまと猫八さんですから、おつねさんの事件から外れてほしくなかったのだけど……」

と言った千鶴が、突然立ち止まった。

「あれは、浦島さまでは……」

指差す前方の神田川の土手に十人ほどの人が集まっているが、その中で動いている二人が、亀之助と猫八のようである。

「先生、土左衛門《どざえもん》か何かじゃないかしら。土左衛門じゃあ定町廻りが調べることはない、とかなんとか言って、定中役の浦島さまに調べを託されたんじゃないでしょうか」

お道は言った。

「行ってみましょう」

千鶴はお道を促して、人の垣根が出来ている土手を下りて行った。

男が一人倒れていて、亀之助はその男を調べているようだった。

小者が筵《むしろ》を手に、亀之助の調べが終わるのを待っている様子だ。

「浦島さま……」

千鶴が声を掛けると、

「あっ、丁度良かった。これから先生を呼びに行こうかと考えていたところです」

亀之助は千鶴を招いた。

「泰安先生です」

亀之助は横たわっている男を差して言った。

「泰安医師が……」

驚いてしゃがみ込み、千鶴は泰安の顔を見た。

「背後から心臓をひと突きです」

亀之助の声を聞きながら、千鶴は血の滲《にじ》んだ着物をはだけて胸を診て、

「猫八さん、背中も見せて下さい」

猫八に言って、小者にも手伝わせ、泰安の身体を横に向けて、背中の刺し傷の跡も検証した。

「先生、何時頃殺されたものでしょうか？」

亀之助が尋ねる。

「そうですね、死後の硬直から見て、殺されたのは昨夜の夜半頃だと思われます」

「そうか、すると真夜中に、ここで殺しがあったということになると、実見《じっけん》した者もいないかな」

呟くように言った亀之助に、

「浦島さま、この遺体は、別の場所で殺してここに運んで来て捨てた、ということも考えられますよ。ここで殺したのであれば、もっとこの辺りに出血がある筈です」

千鶴は遺体の辺りを指して言った。

「なるほど……」

猫八も頷いている。

するとそこに、七之助が走り込んで来た。

「先生！……」

七之助はぬかずき、泣き崩れた。

「七之助さんだね、泰安先生は昨日どこに出かけたんだね」

亀之助が七之助の肩を叩いた。

「分かりません。私は何も聞いていません。出かけて来る、そう言って家を出たのですが」

「何刻《なんどき》ごろ？」

亀之助が重ねて訊く。

「七ッの鐘が鳴っていました。すぐ帰って来るとおっしゃっていたのに……」

七之助はそう言うと、今度は泰安に向かって叫んだ。

「先生、誰ですか！……先生をこんな目に遭わせたのは……」

十

泰安の葬儀はその日のうちに行われた。

葬儀の差配をしてくれたのは瀬戸物屋の親父だった。

「先生には良くしてもらったからね。風邪を引いた、腹が痛い、怪我をしたと、どんな病でも先生は診てくれて、しかも薬礼はとらなかったんだ。どれほど助かったかしれねえ」

親父はそう言って涙ぐみ、

「誰がいったい先生をこんな目に遭わせたんですかね。お役人さま、どうか、きっと下手人を上げて下さいまし」

葬儀に加わった亀之助に懇願する。

亀之助は頷くものの、その顔は困惑気味だ。どうやってこの殺しの下手人を突き止めようかと、まだ思案の中のようだ。

弔《とむら》いには千鶴もお道も加わった。亀之助、猫八を入れた総勢六人の密やかな見送りだと思っていたら、時間が経つにつれて、近隣の長屋の者たちがやって来て、線香を手向《たむ》けていく。

「先生にはお世話になりました。七之助さんもお気を落とされませんように……」

そう言って七之助を励ます者、また別の者は心底お悔やみを述べると、

「先生は薬礼もほんの形だけで、長屋の者は助かりましたが、先生の暮らしの方

が心配でしたよ」

と泰安医師が貧しい者たちからは極力薬礼をとらなかった事を述べ、また別の者は、

「先生は紀州の出で、家は貧乏だったとおっしゃっていましたからね。貧乏で母親が病で倒れた時に医者にかかることが出来なくて、母親は亡くなってしまったんだと。それで自分が医者になって、貧乏な人からは薬礼は貰わない、それが亡くなった母の供養になるのだと言っていましたからね。本当に優しいお医者さまでした」

すると、じっと頭を下げて聞いていた七之助が、突然口を開いた。

「先生は、いつも人のことばかり考える方でした。一年前に品川の貫目改所で不正を訴えられたのも、自分のためじゃない、諸色商品の荷物を運ぶ人馬の運賃が安ければ商人の儲けも多くなる。助けてほしいと伊勢の商人から懇願されて、それで仕方なく名前を貸したのです。その商人が欲張って定め通りの貫目にしていれば良かったのに、はるかに定めを越える荷造りをしていたんです。荷物が検められれば紀州家の品ではなく商売のための品だと分かるのに……結局先生は、その商人を庇ってやって、自分一人が罪を被ったのです。紀州藩があの一件を引き

取ってくれなければ、先生は死罪か遠島になっていました。先生はご自身の金儲けのために何かをしたことはございません」

　更に七之助は毅然とした顔でこうも言った。

「今ここでこんな事を申しますのは、先生が疑われたままで旅立つのを黙って見てはいられないのです」

　七之助の表情は、明らかに何かに立ち向かうものに変わっている。

　近隣の長屋の者たちが引き揚げてしまうのを待って、亀之助が七之助に声を掛けた。

「七之助さん、それでは七之助さんは、このたび先生が深川の大黒屋に伊勢から備長炭の炭を仕入れることを約束して手付けを貰っているが、未だその約束が果たされていないのを知っていますか。それとも、何も聞いていないのかね」

　七之助は一瞬戸惑ったような顔をしたが、

「その件については詳しくは知りません。ただ先生は、仲介の万造とは約定《やくじょう》を交わしたと言っていました。手付金はその約定通りに万造に渡している筈です。約定があれば、万が一の時には金は返してもらえるのだと言っていました。ですから、自分の懐に入れるなんてことはしておりません。先生は大黒屋から三百両を預かった日に、万造にそっくりそのまま金を渡している筈です」

きっぱりと言って亀之助を睨んだ。

「ではその約定書を見せてもらいたいが……」

亀之助は言った。

七之助は奥の部屋から手文庫を持って出て来、蓋《ふた》をとって、皆の前で中をあらためる。だが、

「無い……無い……何故だ」

顔を曇らせる。その時だった。

「ちょっと待って下さいよ」

瀬戸物屋の親父が立ち上がると、家に飛んで帰り、高そうな壺《つぼ》を抱えて戻って来た。

「すっかり忘れていやしたが、これに、先生から預かっているものが入っているんです」

「何……」

驚いたのは亀之助ばかりではない。千鶴もお道も顔を見合わせる。

瀬戸物屋の親父は、壺に手を突っ込んで一枚の紙を取りだした。亀之助が急い

で目を通す。そして、

「千鶴先生……」

千鶴に手渡した。

目を通した千鶴の顔が強ばって、

「これは、泰安先生と万造の取り決めを、木島左門が証明した約定ですね」

七之助の手に戻した。

もう一度じいっと紙面を睨んだ七之助は、

「先生を欺したのか……」

険しい顔で言った。

そこに五郎政が玄関に入って来て、

「先生、お竹さんからこちらにいると聞いたものですから」

千鶴を手招きした。

「昨日の六ツ（午後六時）前に、泰安先生が木島の屋敷に入って行くのを、あっしは見ていますぜ」

五郎政は告げた。

するとそれを聞きつけた亀之助が歩み寄って、

「五郎政、泰安先生に間違いないのだな」

膝を落として念を押す。

「浦島さま、あっしはずっと、あの屋敷に張り付いていたんですぜ。本当なら旦那方がしなけりゃならねえ張り込みをしているんだ」

五郎政は、何を言っているんだという顔で亀之助を見る。

「分かった分かった、そう責めるな。で、中に入ったその後だ。何か動きがあったのか？」

「夜五ツ（午後八時）までは張り込んでいましたが何も動きがなかったんでさ。まさかこんな事になるとは思わなかったものですから、あっしも根岸に帰りましたので……」

「そうか……帰ったのか」

亀之助は少し残念そうな声音で言ったが、千鶴は亀之助に言った。

「しかしこれで、泰安先生は夜の五ツまでは木島の屋敷にいたことになります。殺害に関わった人間、またはなんらかの証拠が見付かれば、浦島さま、下手人にお縄を掛けることが出来るではありませんか」

亀之助は大きく頷くと、猫八を呼び、

「出かけるぞ」

勢いよく飛び出して行った。

二日後のことだ。瀬戸物屋の親父が治療院にやって来て、

「先生、七之助さんがいなくなりましたよ。葬儀を終え、埋葬をすませると、翌日からいなくなったんです」

そう千鶴に告げたのだ。

瀬戸物屋の親父は、先に南町奉行を訪ねたようだ。

ところが浦島の名を出して会わせてほしいと頼んだところ、あいにく浦島は出張っていて何時戻って来るか分からない。そう言われて、

「それでこちらに寄せていただきやした。七之助さんは泰安先生を親のように慕っておりやしたから、どうして家に戻ってこなくなったのか、あっしは心配で……」

「分かりました。少し心当たりに尋ねてみます」

そう言って親父を帰したのだが、そこに大番屋のあの小者がやって来た。

「おつねさんの容体が、相変わらずよくねえんです」

昨日から急に弱って来たようにみえるというので、千鶴は午前中の診察を終えると、急いで大番屋に出向いた。

「もう小伝馬町送りは無理なんじゃねえか、しかしここにも長くは置いておけねえ訳ですから、溜まりに送るかどうするのか、与力の中沢さまも思案している様子でございまして……」

小者の言葉を聞きながら、千鶴はおつねが臥せる小部屋に入った。

「先生……」

千鶴の顔を見て起き上がろうとするおつねに、

「そのままで……」

千鶴は制して、おつねの身体を入念に診た。

気になったのは腹と腰に手をやると痛みを訴えることだった。

ただ、内臓が破裂して出血などを起こしているのではないと思った。いずれにしても、安静と養生が第一だ。

診察を終えると、おつねが言った。

「先生、あたしの身体はもう駄目なんですかね。痛みがまだとれないんですよ。それどころか、だんだん痛くなって……先生本当のことをおっしゃって下さい」

「おつねさん、おつねさんの身体は重傷を負っています。でも命に関わるとは私は思っていませんよ。大事なのは養生することです。身体の腫れが落ち着いて来ると痛みも治まってきますからね」

千鶴は、おつねの手を、ぎゅっと握ってやった。そうして立ち上がろうとするが、おつねは千鶴の手を引き寄せて、

「先生、あたしを殴った桑蔵と巳之、そしておれんはどうなりましたか……」

険しい目で訊いてきた。

「桑蔵と巳之という男衆は姿を消していて、今どこにいるか分かりません。おれんという人は無罪放免、罰を受けることはないと思われます」

「ちくしょう……あたしがやった事は、なんにも役に立たなかったって訳だね」

頬をひきつらせて怒りを表したおつねに、

「いいえ、私の知り合いが浪速屋の女郎たちから話を聞いたところによると、みんな、おつねさんに感謝していたようですよ。自分たちの気持ちを代弁してくれたのは、おつねさんだけだって……おつねさん、役に立たなかったなんて、そんな訳ないじゃありませんか」

千鶴は、おつねの手を、ぐいっと握り返した。

おつねは、ほっとした顔で何度も頷く。

千鶴の頭の中では、姿を消した七之助のことが案じられたが、おつねには告げずに大番屋を出た。

その足で千鶴は京橋の伏見屋に向かった。

泰安医師を失ってしまった今、七之助が頼れるのは伏見屋だけだ。

だが、店先にいた手代に尋ねてみたところ、七之助は伏見屋には帰っていなかった。

落胆して伏見屋を後にした千鶴だったが、ふと立ち止まると踵を返して伏見屋に引き返し、

「もし、旦那様はご在宅でしょうか」

ご在宅ならお目に掛かりたいのだと告げた。

「旦那様が往診でもお願いしたのでしょうか」

手代は薬箱を持参した千鶴を怪訝な目で問う。

「いいえ、往診ではございません。私は桂千鶴と申します。旦那様には、どうしてもお話ししておきたい事がございまして……」

手代の顔を窺うと、

「分かりました、少しお待ちください」

手代は店の中に引き返すと、しばらくして出て来て、

「旦那様はただいま手が離せませんが、四半刻（三十分）後でよろしければ、お話を伺いますとのこと……こちらへ」

手代は丸太新道《まるたしんみち》の京橋川沿いにある『やまざと』というしる粉屋に案内した。しる粉屋と言っても、やまざととあるように、表には茅で葺《ふ》いた小屋を模した模型を配し、その小屋の横手には真っ赤な短冊状の旗が立てられていて、それには『やまざと』という文字が入っている。

手代は店の中に入ると、すぐに板場に向かって、

「伏見屋です。この方をお願いします」

声を掛けると、千鶴に頭を下げてから、店に戻って行った。

店の中を見渡すと、ほぼ満席で、お客の着ている物を見ても上客ばかりのようだ。

まもなく年増の女がにこにこして出て来て、

「こちらへ……伏見屋さんのお客さまは二階の座敷に上がっていただくことになっておりますので」

千鶴を案内してくれたのは小座敷で、畳も入れ替えたばかりなのか香りが漂って来るような部屋だった。

「今お茶をお持ちします」

そう言って年増の女が階下に降りて行くと、千鶴は窓辺に歩み寄り、そこに腰掛けて京橋川を眺めた。

行き交う舟がすぐに目に入って来た。ゆったりとした江戸の風情《ふぜい》だ。

年増の女がすぐにお茶を運んできてくれたが、千鶴は窓辺を離れなかった。

京橋川を往来する舟、また川沿いの大通りを行き交う人々……その人たちをぼんやりと眺めながら、

――この江戸に暮らす人間は百万人とも言われている。だが、そのひとりひとり、悩みのない人間なんていやしないだろう……。

ふっとそんな事を考える。

窓から見える人々の表情は窺い知れないものではあるが、かえってそのことが、人間への愛おしさを感じさせるから不思議である。

みんな懸命に生きている。貧しい者は貧しいということが第一の悩みかもしれない、だが裕福で何不自由ない暮らしをしている人だって、その胸のうちには、

人には言えぬ悩みを抱えているものだ。

おつねのような悩みをかかえた苦労人も山ほどいるのではないだろうか。

ただ千鶴が、おつねに同じ女として共感したのは、その身を捨てても女郎屋の女たちの身になって訴えてやろうとしたことだ。

その試みは成功しなかった。それどころか大怪我を負い、おまけに罪人にされてしまっている。

だが千鶴がおつねを見る限り、おつねは後悔はしていないだろうと思う。

――それだけが救いか……。

千鶴はさまざまな想いを巡らせているうちに、ふっと求馬を思い出した。

胸に切ない風が吹き抜けたその時、

「伏見屋さんがおみえになりましたよ」

先ほどの年増の女の声が部屋の外でしたと思ったら、

「ごめんくださいよ」

伏見屋が入って来た。恰幅《かっぷく》のある人の良さそうな男だった。

「桂千鶴と申します」

千鶴は手を突いて名を告げた。

「先日おみよから桂千鶴というお医者が、七之助の安否を尋ねてみえたと聞いております。七之助は医師の泰安先生のところで修業をしていて、そのことはおみよもお伝えしたと思いますが……」

伏見屋は怪訝な顔で言った。

「その泰安先生が先日殺されました。ご存じでしょうか？」

千鶴は、じっと伏見屋の顔を窺う。

「いえ、存じませんが……すると七之助は？」

「頼りとしている先生が殺されて、七之助さんの悲しみは尋常ではありませんでした。心配していたのですが、今日になって行方が分からなくなったと知らせを受けました。ひょっとしてこちらに帰って来ているのではないかとお訪ねした次第です」

伏見屋は驚いた様子だった。少し逡巡《しゅんじゅん》しているようにも見えたが、

「七之助はもう、うちには帰ってこないと思います。ご存じだと思いますが、あれとは実の親子ではございません。仙太郎が生まれたことで、七之助は寂しい想いをしたのでしょうな」

しみじみと言ったのち、

「それにしても、七之助のことを心配して下さいまして、お礼を申します」

伏見屋は頭を下げた。

千鶴はほっとした。伏見屋は七之助に愛情があるのだろうかと案じていたのだが、それは杞憂《きゆう》だったようだ。

ただ、伏見屋と七之助は血がつながっていないことで互いの気持ちの中に踏み込めない部分があるに違いない。そういう状況の中で、捨て子だった七之助が、弟に遠慮して家を出ることにしたのも頷ける。七之助に対する愛情が伏見屋にあったとしても、店の番頭以下奉公人は、皆弟の方を跡継ぎとしてみているのは、以前店を訪ねた時の応対を考えると明白だ。千鶴はそんなことを考えながら、伏見屋に尋ねた。

「伏見屋さん、今日お店に伺って、ふと伏見屋さんにお話ししたいと思いましたのは他でもありません。七之助さんのことです。伏見屋さんは生まれて間もない七之助さんを店の表に捨てて行った人が誰なのか、ご存じでしょうか」

千鶴はじっと伏見屋の顔を見た。

「いえ、そのようなことを知る訳がございません」

伏見屋は苦笑した。

「そうでしょうね。このような話をしてよいものかどうかわたくしもつい先ほどまで悩んでいたのですが、お気に障りましたらお許し下さい」

まずは断りを入れて、

「実は七之助さんは、本所の松井町、田島屋にいたおつねさんが産んだ子供なんです」

「まさか……」

伏見屋は絶句した。

「伏見屋さんのお子だと申しているのではございません。おつねさんは密かに伏見屋さんに恋い焦がれていたようです。そんな時に妊娠して、宿主に内緒にしているうちにお腹が大きくなって産んでしまった。里子に出すと宿主に言われたおつねさんは、あとさきも考えずに伏見屋さんに走ったと打ち明けてくれました」

「ちょっと待って下さい。桂先生、あなたはいったい……」

疑念の目を向けた伏見屋に、千鶴はおつねが本所で起こした事件、そして今大番屋で生死を彷徨《さまよ》っていること、またそのおつねから、重い罰は甘んじて受けるが、捨てた我が子が元気で暮らしているかどうかだけは知りたいと懇願され、七之助に関わることになったことなど、手短に、順を追って話した。そして、

「むろん七之助さんは、産みの母のことは知りません。でも、こちらに帰ってくるのは敷居《しきい》が高いと考えているようでした。自分は身寄りのない人間だと……。でも、今日伏見屋さんにお目に掛かって、そんな心配は七之助さんの思い過ごしだということも分かりました。何かの折には伏見屋さんの気持ちを、伝えてあげたいと思います。本当に不躾《ぶしつけ》なことをお伺いして失礼いたしました」

千鶴は頭を下げて立ち上がった。

「待って下さい」

伏見屋は呼び止めて、

「七之助に伝えていただけませんか。困った時にはいつでも父が相談に乗ると……」

伏見屋は言った。

十一

泰安医師が殺されてから木島屋敷への張り込みは、一層厳しいものとなった。

五郎政はむろんのことだが、亀之助、猫八、それに定中役の堺信之介、野村金之助、そして金子銀平も代わる代わる応援に入ってくれて、昼夜途切れの無い張り込みを続けている。

諸般の事情を鑑みるに、主犯は左門、実行者の顔は見えていないがそれも想像がつく。左門の家で暮らす手下どもだ。

これが町人なら町奉行所は、すぐさま突入して縄を掛けられるのだが、なにしろ相手は旗本だ。

外に出て来るのを待つしかないのであった。辛抱のいる張り込みだ。

いくぶん暑さも和らいだかと思う日もあるが、まだ夏の盛りといってもよく、夜も日中溜め込んだ余熱でむんむんしている。

亀之助は上役の許可を貰って神田の多町《たちょう》にある青物市場近くの長屋を借りた。

そこを張り込み人の休憩拠点とし、三人ずつ二組に分かれて交代を繰り返しながら木島の屋敷を見張っているのだ。

だが、泰安医師が殺されてから木島左門は一度も表に出て来なかった。

本所の女郎宿には五日に一度行っていた筈だが、それも途絶えている。

千鶴も手が空いた時には、お竹が作ったおにぎりを運んだり、甘い物を届けたりしているのだが、この日はこれまで素通りしていた昌平橋南袂に設置されている辻番所《つじばんしょ》に立ち寄った。

辻番所は、大名の屋敷や旗本の屋敷の前に設けた番所のことをいうのだが、昌平橋の袂にあるのは、おそらくここから駿河台の武家屋敷に入る重要な箇所になっているからだと思われる。

「何の用かね」

初老の浪人と思われる男が出て来た。

もう一人奥にいる番所の男も、浪人のようだった。

近頃番所に雇われるのは浪人や腕《うで》っ節《ぷし》の強い町人が多いようだ。

「少しお尋ねしたいことがあるのですが……」

千鶴は泰安医師が殺された深夜から朝方にかけて、神田川沿いの武家地から、誰か荷物を運び出すのを見なかったかと尋ねてみた。すると、奥にいた若い浪人がふらりと出て来て言った。

「見たぜ、大八車に載せて……あれは何刻だったか……寅《とら》の刻《こく》（午前三時ごろ）だったな」

千鶴の顔が一瞬驚きのあまり固まった。

「おや、やはり何かあったんだな。実は一昨日、役務は知らないが同じようなことを聞きに来た侍がいるんだ。町奉行所の者じゃない、もっと上の役人だが……」

首を捻った若い浪人に、

「どのような荷物だったでしょうか？」

はやる心を抑えて尋ねると、

「それは分からぬな。筵を被せてあったからな」

「では、運んで来た者の人数、どのような顔の人でしたか」

「運んで来たのは三人、人相は良くはわからなかったが、一人だけ坊主頭だったのは分かったたな」

「坊主頭ですか……」

ますます奮い立つ千鶴だ。

「ところが一行は、さして時間も経たぬうちに引き返して来た。大八車を引いてな」

「でも荷物は無かった」

千鶴が念を押す。

「筵は見たが、筵を被せていた荷物はなかったたな」

「ありがとうございました」

千鶴は礼を述べると、お竹から渡されたおはぎを抱えて、木島左門の屋敷に走った。

「千鶴先生、何か分かったのですか……」

亀之助たちが走り寄った千鶴を緊張した顔で迎えた。丁度六人全員が揃って見張りをしているところだった。

「泰安先生を柳原の土手に捨てに行ったのは、万造という男たち三人……間違いなさそうです」

千鶴も興奮した心を抑えきれない顔で聞いたことを告げた。

「よし、これで左門に縄を打ったのち、邸内に置いてある大八車は動かぬ証拠として必ず没収だな」

亀之助も興奮して言った。

「しっ……」

猫八が制した。皆身を低くして物陰に隠れ、前方の木島左門の門前を見詰めた。

「左門だ……」

五郎政が小さな声で皆に知らせた。

紗の着物を粋に着こなした着流しの左門が、片手に扇子《せんす》を持ち、風を襟元《えりもと》に送りながら出て来た。お供が三人付いている。

「万造だ」

五郎政がまた言った。すると、

「あれは、桑蔵と巳之ですぜ、旦那……おつねを痛めつけた二人だぜ」

猫八が声を上げた。

「一同揃ってお出ましってことですね」

千鶴は左門一行を睨みながら言って、

「おそらく深川に向かうつもりでしょうね。分かっていますね」

みんなに念を押し、五郎政と猫八には耳打ちして立ち上がった。

左門たちが屋敷を後にすると、五郎政と猫八は、左門の邸内に走り込んで行く。

千鶴はそれを確かめたのち、亀之助たちと左門一行を追った。

そして左門一行が和泉橋《いずみばし》手前に歩みかかった時、千鶴たち五人は一斉に走って行って、一行の背後から、

「木島左門、医師泰安殺しで召し捕る！」

亀之助が大声を上げた。定仲役たちは揃って十手を出して、

「召し捕る！」

声を上げた。

少々迫力不足だと千鶴は思ったが、定中役にとっては一世一代の捕り物だ。

振り返った左門が笑った。

「町奉行風情が何を言っている。わしは旗本だぞ、おまえたちに縄を打たれる筋合いは無い」

定中役の中に動揺《どうよう》が走った。すると千鶴がずいと前に出て、

「いいえ、屋敷の中ならそうも言えるでしょうが、ここは天下の往来です。しかもあなたは人殺しの張本人、そんな言葉は通用しません」

きっぱりと言い返した千鶴の言葉に触発されたか、定中役の者たちも、

「申し開きは評定所《ひょうじょうしょ》でしてもらいましょう。ただし、そこの町人三人は小伝馬町だ」

亀之助のその言葉に奮い立ち、

「御用！」

じりっと左門たちを取り囲んだ。

「この土手に、あなたたちは泰安先生の遺体を捨てに来ましたね」

千鶴が言ったその時、がらがらと音を立てて、五郎政と猫八が大八車を引いて走って来た。

「あの大八車に遺体を積み、ここに運び、そして捨てた」

千鶴の言葉が終わる前に、

「殺せ！……皆殺しにしろ！」

左門の号令で、万造、桑蔵、巳之が匕首を出して飛びかかって来た。

定中役と万造たちの激しい打ち合い斬り合いが始まった。

「待ちなさい」

自分だけ逃げようとした左門を千鶴は呼び止めた。

「女だてらに……」

左門は刀を抜いた。

「千鶴先生！」

五郎政が猫八の十手を取り上げて千鶴に投げた。

千鶴ははっしと受け取って、十手を構えた。

「ふん、剣の心得があると見えるな。いいだろう、ぶった斬ってやる」

じりっと左門は千鶴に迫る。だがその時だった。

「ええい、先生の敵！」

七之助が小刀を手に走り込んで来た。

「駄目よ、危ない！」

千鶴が叫ぶ間もなく、七之助は打ち損じたばかりか、逆に肩口を斬られて草むらに転がった。

「お前から先だな」

間を置かず飛びかかった左門を見て、千鶴は息を呑んで目を瞑《つむ》った。

だが、草むらに倒れたのは左門だった。

「ここで殺しはせぬ。お前は旗本の恥だ。詮議を受けて罪を償《つぐな》え！」

怯えた顔の左門に言い放った声を聞き、目を開けた千鶴は、

「求馬さま！」

驚いて叫んだ。

猫八が左門に飛びかかって縄を打つのを横目に見ながら、

「いったい、何時お帰りに……」

千鶴は求馬に走り寄って尋ねた。

「三日前だ。この八月に帰って来ることは決まっていたのだが、びっくりさせようと思って知らせなかったのだ。帰って来てすぐに酔楽先生に挨拶に行ったら、木島の事件を聞かされた。そこで私も木島の屋敷を見張っていたという訳だ」

「もう、意地悪……」

思わず千鶴は言った。甘えた気持ちが声音にあった。

「お陰さまで、この通りです」

亀之助が定中役の仲間と一緒に、万造たちに縄を掛けて近づいて来た。

「みんな、こちらが菊池求馬さまだ。この方がいれば鬼に金棒だ」

亀之助が満面の笑みを浮かべて皆に言った。


昨夜は激しい雨に見舞われたが、一夜明けると空は晴れていた。

千鶴は迎えに来てくれた猫八と一緒に、大番屋に向かった。

おつねが大番屋から解き放されると知らせを受けたのだ。

打擲した身体もまだ痛みは残っているだろうが、なんとか長屋で暮らせそうだと聞いてほっとしている。

実は左門が捕らえられたあの夜から数日間、この御府内は大雨に見舞われたのだった。

千鶴は闇に降るその雨を見詰めて、七之助はあの家で一人、どんな気持ちで過ごしているのだろうかと考えていた。

木島左門一味が捕まった夜、千鶴はこの治療院に七之助を連れて来ている。肩口の治療をしてやり、一晩泊めて、伏見屋の父親の言葉を告げてやった。

だが七之助はふっと笑って、

「伏見屋の父を恨んではおりません。有り難いと思っています。拾って育ててくれたのは伏見屋の父です。でも私は根無し草です。どこで生まれて流れてきたものか……まるで宙を歩いているような気持ちでずっといままで過ごしてきました。千鶴先生には私の気持ちは分かりません」

そう言ったのだ。

感受性の強い年頃だ。七之助の胸に溜まったわだかまりは、すぐには取り除くことは出来ないようだった。

翌日治療院から帰る時には、七之助はこう言ったのだ。

「泰安先生と住んでいた家はこの月末には出て行きます。住む所はこれから探さねばなりませんが、私はやはり、医者になる道を歩もうと思います」

千鶴はその時、七之助に文を渡している。その文には、

――七之助さんは根無し草ではありません。言わずにおこうと思いましたが、七之助さんを産み、今もあなたの安否を案じ続けている母親がいることをお知らせします――

千鶴はおつねの事を知らせてやったのだ。

おつねがどのような思いで七之助を伏見屋の軒下に置いたのか。

そしてこのたびは弱い者の立場に立って怪我を負い、罪に問われようとしていたが、左門一味が捕まったことで、近々大番屋から解き放されるだろうことも。

おつねさんは懸命にここまで生きて来た立派な母だと思いますと。そして千鶴は最後にこう結んだ。

もし医者の修行をしたいのなら、桂治療院に来て下さってもよいのですよと。

千鶴はあれ以来、連絡の途絶えている七之助のことを案じながら大番屋に向かった。

大番屋の前には五郎八や定中役の者たちの姿が見えた。

まもなく、大番屋から小者に手を取られて、おつねが出て来た。

「千鶴先生、みなさん、ありがとうございました」

頭を下げるおつねの顔は、まだ傷の跡は残っていたが、晴れ晴れとして見えた。

「もう無茶はしないで」

千鶴が声を掛けたその時だった。すっとおつねの前に七之助が現れたのだ。

「七之助さん！」

千鶴が呼びかけたその声に、

「七之助さん？」

おつねが大きく目を見開いて七之助を見詰めた。

「おっかさん……七之助です」

七之助は、おつねの顔を恥ずかしそうな顔で見詰めた。

「七之助……七之助なんだね」

おつねは感極まってくずおれそうになる。

そのおつねを、七之助はしっかりと抱き留めて、

「送っていきます」

小者からおつねの腕を引き取ると、七之助は千鶴たちに頭を下げた。そして、

母と肩を並べ、おつねの歩調に合わせて、そろりそろりと帰って行く。

「一件落着だな」

求馬がやってきて千鶴に言った。

「ええ……」

千鶴は頷きながら、雨のあとの、清められたかに見える道を歩いて行く、母と倅の幸せを願わずにはいられなかった。

この作品は双葉文庫のために書き下ろされました。

双葉文庫

ふ-14-14

藍染袴お匙帖《あいぞめばかまさじちょう》

雨《あめ》のあと

2023年9月16日　第1刷発行

【著者】
藤原緋沙子《ふじわらひさこ》

【発行者】
箕浦克史
【発行所】
株式会社双葉社
〒162-8540 東京都新宿区東五軒町3番28号
［電話］03-5261-4818(営業部)　03-5261-4833(編集部)
www.futabasha.co.jp(双葉社の書籍・コミックが買えます)
【印刷所】
中央精版印刷株式会社
【製本所】
中央精版印刷株式会社

【フォーマット・デザイン】
日下潤一

ISBN978-4-575-67172-8 C0193
Printed in Japan

藤原緋沙子　著作リスト

	作品名	シリーズ名	発行年月	出版社	備考
1	雁の宿	隅田川御用帳	平成十四年十二月	廣済堂出版	
2	花の闇	隅田川御用帳	平成十五年　三月	廣済堂出版	
3	螢籠	隅田川御用帳	平成十五年　五月	廣済堂出版	
4	宵しぐれ	隅田川御用帳	平成十五年　七月	廣済堂出版	
5	おぼろ舟	隅田川御用帳	平成十五年　九月	廣済堂出版	
6	冬桜	隅田川御用帳	平成十五年十二月	廣済堂出版	

藤原緋沙子　著作リスト

7	春雷	隅田川御用帳	平成十六年　二月	廣済堂出版	
8	花鳥		平成十六年　五月	廣済堂出版	四六判上製
9	恋椿	橋廻り同心・平七郎控	平成十六年　六月	祥伝社	
10	夏の霧	隅田川御用帳	平成十六年　八月	廣済堂出版	
11	火の華	橋廻り同心・平七郎控	平成十六年　十月	祥伝社	
12	雪舞い	橋廻り同心・平七郎控	平成十六年十二月	祥伝社	
13	紅椿	隅田川御用帳	平成十七年　一月	廣済堂出版	
14	風光る	藍染袴お匙帖	平成十七年　二月	双葉社	

15	夕立《ゆだ》ち	橋廻り同心・平七郎控	平成十七年 四月	祥伝社	
16	風蘭	隅田川御用帳	平成十七年 七月	廣済堂出版	
17	遠花火	見届け人秋月伊織事件帖	平成十七年 七月	講談社	
18	雁渡し	藍染袴お匙帖	平成十七年 八月	双葉社	
19	花鳥		平成十七年 九月	学習研究社	文庫化
20	照り柿	浄瑠璃長屋春秋記	平成十七年 十月	徳間書店	
21	冬萌え	橋廻り同心・平七郎控	平成十七年 十月	祥伝社	
22	雪見船	隅田川御用帳	平成十八年 一月	廣済堂出版	

23	春《はる》疾風《はやて》	見届け人秋月伊織事件帖	平成十八年　三月	講談社	
24	父子雲	藍染袴お匙帖	平成十八年　四月	双葉社	
25	夢の浮き橋	橋廻り同心・平七郎控	平成十八年　四月	祥伝社	
26	潮騒	浄瑠璃長屋春秋記	平成十八年　七月	徳間書店	
27	白い霧	渡り用人片桐弦一郎控	平成十八年　八月	光文社	
28	鹿鳴《はぎ》の声	隅田川御用帳	平成十八年　十月	廣済堂出版	
29	紅い雪	藍染袴お匙帖	平成十八年十一月	双葉社	
30	暖《ぬくめ》鳥《どり》	見届け人秋月伊織事件帖	平成十八年十二月	講談社	

31	桜雨	渡り用人片桐弦一郎控	平成十九年　二月	光文社	
32	蚊遣り火	橋廻り同心・平七郎控	平成十九年　九月	祥伝社	
33	さくら道	隅田川御用帳	平成二十年　四月	廣済堂出版	
34	紅梅	浄瑠璃長屋春秋記	平成二十年　四月	徳間書店	
35	漁り火	藍染袴お匙帖	平成二十年　七月	双葉社	
36	霧の路《みち》	見届け人秋月伊織事件帖	平成二十一年二月	講談社	
37	梅灯り	橋廻り同心・平七郎控	平成二十一年四月	祥伝社	
38	麦湯の女	橋廻り同心・平七郎控	平成二十一年七月	祥伝社	

39	密命	渡り用人片桐弦一郎控	平成二十二年一月	光文社	
40	日の名残り	隅田川御用帳	平成二十二年二月	廣済堂あかつき	
41	恋指南	藍染袴お匙帖	平成二十二年六月	双葉社	
42	桜紅葉	藍染袴お匙帖	平成二十二年八月	双葉社	
43	雪燈	浄瑠璃長屋春秋記	平成二十二年十一月	徳間書店	
44	坂ものがたり		平成二十二年十一月	新潮社	四六判上製
45	月の雫	藍染袴お匙帖	平成二十二年十二月	双葉社	
46	ふたり静	切り絵図屋清七	平成二十三年六月	文藝春秋	

47	鳴《なる》子《こ》守《もり》	見届け人秋月伊織事件帖	平成二十三年九月	講談社	
48	紅染の雨	切り絵図屋清七	平成二十三年十月	文藝春秋	
49	残り鷺《さぎ》	橋廻り同心・平七郎控	平成二十四年二月	祥伝社	
50	鳴き砂	隅田川御用帳	平成二十四年四月	廣済堂出版	
51	すみだ川	渡り用人片桐弦一郎控	平成二十四年六月	光文社	
52	貝紅	藍染袴お匙帖	平成二十四年九月	双葉社	
53	月凍てる	人情江戸彩時記	平成二十四年十月	新潮社	『坂ものがたり』の解題・再編集
54	飛び梅	切り絵図屋清七	平成二十五年二月	文藝春秋	

55	百年桜		平成二十五年三月	新潮社	四六判上製
56	夏ほたる	見届け人秋月伊織事件帖	平成二十五年七月	講談社	
57	夏しぐれ		平成二十五年七月	角川書店	時代小説アンソロジー
58	風草の道	橋廻り同心・平七郎控	平成二十五年九月	祥伝社	
59	花野	隅田川御用帳	平成二十五年十二月	廣済堂出版	
60	つばめ飛ぶ	渡り用人片桐弦一郎控	平成二十六年七月	光文社	
61	照り柿	浄瑠璃長屋春秋記	平成二十六年九月	徳間書店	新装版
62	潮騒	浄瑠璃長屋春秋記	平成二十六年十月	徳間書店	新装版

63	秋びより		平成二十六年十月	KADOKAWA	時代小説アンソロジー
64	紅梅	浄瑠璃長屋春秋記	平成二十六年十一月	徳間書店	新装版
65	雪《ゆき》婆《ばんば》	藍染袴お匙帖	平成二十六年十一月	双葉社	
66	雪燈	浄瑠璃長屋春秋記	平成二十六年十二月	徳間書店	新装版
67	栗めし	切り絵図屋清七	平成二十七年二月	文藝春秋	
68	百年桜	人情江戸彩時記	平成二十七年十月	新潮社	
69	番神の梅		平成二十七年十月	徳間書店	四六判上製
70	花鳥		平成二十七年十一月	文藝春秋	廣済堂出版刊の再刊

藤原緋沙子　著作リスト

71	笛吹川	見届け人秋月伊織事件帖	平成二十八年三月	講談社	
72	春はやて		平成二十八年三月	KADOKAWA	時代小説アンソロジー
73	哀歌の雨		平成二十八年四月	祥伝社	時代小説アンソロジー
74	雪の果て	人情江戸彩時記	平成二十八年五月	新潮社	
75	雁の宿	隅田川御用帳一	平成二十八年六月	光文社	廣済堂出版刊の加筆版
76	花の闇	隅田川御用帳二	平成二十八年六月	光文社	廣済堂出版刊の加筆版
77	螢籠	隅田川御用帳三	平成二十八年七月	光文社	廣済堂出版刊の加筆版
78	宵しぐれ	隅田川御用帳四	平成二十八年八月	光文社	廣済堂出版刊の加筆版

79	おぼろ舟	隅田川御用帳五	平成二十八年九月	光文社	廣済堂出版刊の加筆版
80	冬桜	隅田川御用帳六	平成二十八年十月	光文社	廣済堂出版刊の加筆版
81	春雷	隅田川御用帳七	平成二十八年十一月	光文社	廣済堂出版刊の加筆版
82	夏の霧	隅田川御用帳八	平成二十八年十二月	光文社	廣済堂出版刊の加筆版
83	冬の野	橋廻り同心・平七郎控	平成二十八年十二月	祥伝社	
84	紅椿	隅田川御用帳九	平成二十九年一月	光文社	廣済堂出版刊の加筆版
85	風蘭	隅田川御用帳十	平成二十九年二月	光文社	廣済堂出版刊の加筆版
86	あま酒	藍染袴お匙帖	平成二十九年二月	双葉社	

87	雪見船	隅田川御用帳十一	平成二十九年三月	光文社	廣済堂出版刊の加筆版
88	鹿《は》鳴《ぎ》の声	隅田川御用帳十二	平成二十九年四月	光文社	廣済堂出版刊の加筆版
89	さくら道	隅田川御用帳十三	平成二十九年五月	光文社	廣済堂出版刊の加筆版
90	日の名残り	隅田川御用帳十四	平成二十九年六月	光文社	廣済堂あかつき刊の加筆版
91	鳴き砂	隅田川御用帳十五	平成二十九年七月	光文社	廣済堂出版刊の再刊
92	花野	隅田川御用帳十六	平成二十九年八月	光文社	廣済堂出版刊の再刊
93	寒梅	隅田川御用帳十七	平成二十九年九月	光文社	
94	茶筅の旗		平成二十九年九月	新潮社	四六判上製

95	細雨	秘め事おたつ	平成二十九年十月	幻冬舎	
96	番神の梅		平成三十年　三月	徳間書店	文庫化
97	雪晴れ	切り絵図屋清七	平成三十年　四月	文藝春秋	
98	青嵐	見届け人秋月伊織事件帖	平成三十年　五月	講談社	
99	秋の蟬	隅田川御用帳十八	平成三十年　九月	光文社	
100	恋の櫛	人情江戸彩時記	平成三十年　十月	新潮社	
101	初霜	橋廻り同心・平七郎控	平成三十年　十月	祥伝社	
102	撫子が斬る		平成三十年十二月	KADOKAWA	時代小説アンソロジー

103	藁一本	藍染袴お匙帖	平成三十一年三月	双葉社	
104	龍の袖		令和元年　七月	徳間書店	四六判上製
105	鬼の鈴	秘め事おたつ	令和元年　八月	幻冬舎	
106	冬の虹	切り絵図屋清七	令和元年十二月	文藝春秋	
107	風よ哭け	橋廻り同心・平七郎控	令和二年　一月	祥伝社	
108	照り柿	浄瑠璃長屋春秋記	令和二年　二月	小学館	徳間書店刊の加筆改稿版
109	潮騒	浄瑠璃長屋春秋記	令和二年　四月	小学館	徳間書店刊の加筆改稿版
110	ほたる茶屋	千成屋お吟	令和二年　六月	KADOKAWA	四六判上製

111	紅梅	浄瑠璃長屋春秋記	令和二年 六月	小学館	徳間書店刊の加筆改稿版
112	雪燈	浄瑠璃長屋春秋記	令和二年 八月	小学館	徳間書店刊の加筆改稿版
113	へんろ宿	へんろ宿	令和二年十一月	新潮社	
114	雁もどる	隅田川御用日記	令和二年十二月	光文社	
115	青葉雨	秘め事おたつ	令和三年 二月	幻冬舎	
116	いのちを守る医療時代小説傑作選		令和三年 三月	KADOKAWA	時代小説アンソロジー
117	色なき風	藍染袴お匙帖	令和三年 四月	双葉社	
118	茶筅の旗		令和三年 六月	新潮社	文庫化

藤原緋沙子　著作リスト

119	竹笛	橋廻り同心・平七郎控	令和三年　十月	祥伝社	
120	岡っ引黒駒吉蔵		令和四年　一月	文藝春秋	
121	菜の花の道	千成屋お吟	令和四年　三月	KADOKAWA	四六判上製
122	龍の袖		令和四年　五月	徳間書店	文庫化
123	永代橋	隅田川御用日記	令和四年　七月	光文社	
124	家族		令和四年　十月	朝日新聞出版	時代小説アンソロジー
125	冬の霧	へんろ宿	令和四年十二月	新潮社	
126	江戸のかほり	藤原緋沙子傑作選	令和四年十二月	光文社	

127	ほたる茶屋	千成屋お吟	令和五年 一月	KADOKAWA	文庫化
128	春よ来い	秘め事おたつ	令和五年 三月	幻冬舎	
129	絵師金蔵赤色浄土		令和五年 五月	祥伝社	
130	江戸のいぶき	藤原緋沙子傑作選	令和五年 六月	光文社	
131	雨のあと	藍染袴お匙帖	令和五年 九月	双葉社	